徳間文庫

洗い屋十兵衛 江戸日和

恋しのぶ

井川香四郎

徳間書店

目次

第一話　淋《さび》しい金魚

一

忍冬《すいかずら》の甘い匂《にお》いがする。灌木《かんぼく》の茂みの中に沈んだ鼻先に、咲いたばかりの白い花があった。その匂いにつられたのか、小さな羽虫がしきりに飛んで来ていたが、下手に動けば見つかってしまう。じっと息を殺して、月丸十兵衛《つきまるじゅうべえ》は身をひそめていた。

日が傾いた途端、辺りは薄暗くなり、風が冷たくなる。じっとしているだけで肌が冷えてきて、やがて体中に痺《しび》れが広がってくる。十兵衛は下草や枯れ枝に気をつけながら、ゆっくり移動した。灌木の枝の間から見上げる空は群青色《ぐんじょういろ》になっていて、わずかに仏堂のなだらかな屋根がすっかり黒くなっている。

——まだだ。まだ出てはまずい。

十兵衛は数間程先にある寺の床下に向かって這《は》いながら、辺りに鋭い気を配っていた。一瞬の油断が〝命取り〟である。まさに伏して月が出るのを待つが如《ごと》しである。

名月の夜が過ぎると、月の出が少しずつ遅くなる。そのたびに、立待月《たちまちづき》、居待月《いまちづき》、臥待月《ふしまちづき》、更待月《ふけまちづき》と、二十三夜になるまで、月を待つのを人の姿になぞらえる。二十三夜に月待ちをすれば願いが叶うというが、いにしえより、多くの人々が月を愛《め》でてきた証《あかし》である。

月丸十兵衛は、その名のとおり、何事も八方丸く治まることを望んでいるが、〝洗い屋〟ゆえ、身を隠すことにおいては人に遅れを取るわけにはいかなかった。

まさに臥待月の時節、月が出るのは夜が更けてからだ。それまで、辛抱できるはずもなかった。十兵衛は早く決着をつけたかったが、焦ってはならぬ。辺りにはまったく気配を感じなくなったから、思い切って飛び出る手もあるが、どこに罠《わな》が仕組まれているやもしれぬ。相手をみくびると痛い目に遭うのはこっちだ。

耳を澄ますと、遠くで野良犬の吠《ほ》える声がする。地面からはすうっと俄《にわか》に温もりが消えて、ひんやりと井戸水のように冷たくなり、這っている腹に染みわたるようだった。

その先には捕らえられた仲間がいるはずだ。なんとか、寺の床下まで来ると、周りの様子を見ることができたが、床柱や礎石など死角が多くて人影を確認することはできない。

しばらく息をひそめていたが、中腰になって足を組み変えた途端、足元にあった古板をベキッと踏み割ってしまった。次の瞬間、

「十兵衛さん、めっけ！」

という声と同時に、ビンと音がして小豆《あずき》が顔面目がけて飛来した。うわっと頭を腕で覆ったが、ビシッと手の甲に命中した。激痛に飛び起きた途端、本堂の床下でガツンとしたたか頭を打った。

「いてえッ」

「やった、やったア！　最後の鬼を捕まえたぞオ！」

子供が声を張り上げると、あちこちの物陰に潜んでいた子供たちが数人現れて、奇声を上げて跳び上がった。それぞれ手には、筒鉄砲を持っている。竹筒の先端に弾の代わりに小豆を込めて、今でいうピストンの要領で押し撃つ仕掛けである。

「あ、いや、参った、参った」

十兵衛が泥まみれになって床から這い出ると、そこには女相撲《おんなずもう》のように肥えた年増が立っていた。まさに仁王立ちで見下ろしている。

「旦那《だんな》。ガキたちと鬼ごっこをして遊んでくれるのは結構だけどね、もうこんなに日が暮れてんだ。ほんとに鬼にさらわれたらどうしてくれるんだい。大人として、ちょいと考えが足りないんじゃないのかいッ」

と言い訳は許さぬとばかりに、口をへの字に曲げていた。カン坊という渾名《あだな》の子供の母親である。

「違うよ、十兵衛のおっちゃんは独楽《こま》や凧揚《たこあ》げ、鬼ごっこや隠れんぼ、相撲……」

色々な遊びを教えてくれると、少しでも庇《かば》おうとすると、バシッと尻《しり》を叩《たた》かれて、

「さ、帰った帰った！　一番ビリッけつには、お灸《きゅう》を据えるぞ！」

と大声を上げる。子供たちは、それこそ赤鬼にでも出会ったような勢いで、ワッと散って、それぞれの長屋に帰るのであった。

ふと寺の境内《けいだい》の片隅の、塀もなくそのまま地続きである古ぼけた長屋の窓から、ぼんやりとこっちを見ていた女の子に目が止まった。日暮れだから、目鼻立ちはよく見えないが、白い肌がくっきりと浮かんでいる。

「ああ、あれは、お春ちゃんだよ。体が弱いから、あんまり外じゃ遊べないんだ。八歳《やっつ》になるのに、まだ五つか六つみてえに小せえんだよ」

とカン坊が言うと、母親は余計な事を言うんじゃないとばかりに、もう一度、尻を

叩いて、まるで山羊《やぎ》や牛を追いやるように境内から子供たちを連れて帰った。

ふと境内から山門の外を見渡すと、谷中《やなか》富士見坂の通りを中心に、甍《いらか》がずらりと広がって、かしぎの煙があちこちで立ち昇っている。日暮れの幸せな情景である。独り者の十兵衛にとっては、少し淋しい気持ちになるひとときであった。

だが、長屋の窓から覗《のぞ》いていたお春の家には炊煙《すいえん》が出ていない。

「お春ちゃん、って言うんだって？　可愛《かわい》いね。おとっつぁんとおっかさんは、まだ帰ってないのかい？」

十兵衛が近づこうとすると、お春は拒むような目つきになって障子窓から、奥へ後ずさりした。すると、木戸口の方に「お春や」と声を出しながら、母親らしき痩《や》せた女が帰って来た。近くの茶店か料理屋で女中勤めでもしているのであろうか、襷掛《たすきが》けのまま、おそらく店の残り物であろう、握り飯を持っていた。

「お春……お春……？」

母親には返事をしないで、お春は窓越しにじっと十兵衛の方を見たままだった。ずっと隠れん坊をしていたのを見ていたはずである。一緒に遊びたい年頃《としごろ》に違いない。

外に出られないほど重い病には見えないが、たしかに白く見えた顔は、健《すこ》やかな色ではなく、どこか弱々しく青みがかっていた。

「何をしてるんだい。もう暗いから窓を閉めなさいよ」

と言いながら、表戸から入って来る母親の姿が、十兵衛の所から見えた。玄関からわずか数歩で裏に抜ける小さな長屋である。

「お春。返事がないから心配したじゃないか、ほら、まだあったかいおにぎりだ。おかかも梅も入ってるからな、さ、お食べ」

母親はそう言いながら、障子を閉めようとして、一瞬だけ、十兵衛の方へ目を送った。夕闇《ゆうやみ》の中に立っている人影に驚いたのであろうか、わずかにギョッとした顔になって、すぐさま窓を閉めた。しっかりと心張り棒を立てている様子が分かった。

「…………」

十兵衛は参道を下りて、そこから続く富士見坂に戻りながら、心のどこかに引っかかる思いにとらわれた。さっきの長屋の母娘《おやこ》が、である。

たしかに、一月程前までは、あの部屋は空き家だった。何処《どこ》かから越して来ただけなのであろうが、

――〝洗われた〟のかもしれない。

という一念が勘所をつついていた。もっとも、それは自分が洗い屋だから感じただけのことかもしれぬ。事情があって転居することは、どこにでもある話である。元よ

り、十兵衛はその母娘の過去を詮索《せんさく》するつもりは更々ないが、母親の顔を一瞥《いちべつ》した瞬間から、得も言われぬ胸騒ぎがした。

その予感が当たったと分かったのは、翌日の昼下がりのことだった。

二

谷中富士見坂通りは、今日もよい日和《ひより》だった。魚屋、惣菜屋《そうざいや》、小間物屋、炭屋、油屋などの小さな店がずらりと並ぶ二間足らずの道幅の通りに、お天道様《てんとさま》に招かれた近所の人々が、がさつに体をぶつけあって買い物をしていた。十日に一度の大安売りなのだ。

十兵衛の営む洗い張りの店は、富士見坂の中程にあったが、客足が乏しい。普段着や下着の〝洗濯〟も請け負っているのだが、こういうカラリと晴れた日は、洗い物を頼みに来るかみさん連中もいない。気持ちがよいから、自分の家でやっているのであろう。

ぼんやりと表通りを見ているると、押し寄せている客筋とは違う男が二人、ひょっこりと洗い張り屋に顔を出した。

「よう、暇そうじゃねえか。いい洗濯日和なのに、てめえの方が干し上がってるのか」

久保田万作《くぼたまんさく》と伊蔵《いぞう》だった。北町奉行所定町廻《じょうまちまわ》り同心と手下の岡《おか》っ引《ぴき》である。二人とも相変わらず目つきが悪い。人を見れば盗人《ぬすっと》としか思わない眼光だ。

「この男を見かけたら、すぐに番屋に報せな。隠すとためにならねえぜ」

「隠す？」

「ああ。おまえは何か隠してる。隠しまくって生きている。そういう胡散臭《うさんくさ》さがあるからよ。念を押したまでだ」

と人相書を出しながら言った。毎度のことながら、人の気持ちを逆撫《さかな》でするような同心である。もっとも、十兵衛が、訳ありの人間を生まれ変わらせる〝洗い屋稼業〟をしているのはたしかだが、その事を知っているはずはない。久保田は常に何か危険な臭《にお》いを嗅《か》いでいないと気が済まぬ性分らしい。

人相書の顔は、頬《ほお》のこけた馬面でいかにも悪そうだった。大概、実物よりも酷《ひど》く描いてあるものだ。

「こんな顔は知らないな」

「富士見坂上の高札《こうさつ》にも張ってあるが、よく覚えておけよ」

「旦那。これは一体、誰なのだ。武州堀切村百姓、新吉って名が書いてあるが、何をやらかしたのだ？」

「島抜けだよ。半月程前に、流されていた新島《にいじま》から逃げたんだよ」

遠島は死刑に次ぐ重刑である。終身刑ゆえ大赦がない限り、二度と世間に帰ることはできなかった。江戸からは、大島、八丈島、三宅島、御蔵島《みくらじま》などが流刑地であり、京、大坂からは薩摩《さつま》藩支配下の奄美《あまみ》群島や琉球《りゅうきゅう》諸島、五島列島、天草《あまくさ》、隠岐《おき》に捨てられた。役人は連行するだけだから、まさに捨てられたのである。

流人《るにん》が島に上がると、島民の雑役を買って出て糊口《ここう》をしのいだ。百姓仕事ができる者や手に職がある者は重宝がられたが、多くの者はやっとこさ餓《う》えをしのげる暮らしで、病に倒れても誰も助けてくれなかった。自業自得ということであろうか。

島には役人がいて、常に流人を見張っている。元々素行の悪い咎人《とがにん》がほとんどだから、博打《ばくち》や喧嘩《けんか》はしょっちゅうで、殺しだって起こりかねなかった。当然、悪行を働くと、島仕置《しましおき》として、磔《はりつけ》や断崖《だんがい》からの転落刑に処せられる。そんな厳しい島の暮らしから逃れたい一心で、島抜けをすれば、

――死刑。

である。それでも、島にいたところで生きていけないのであれば、運を天に任せて

島から脱走したくなるというものだ。人相書の新吉という男も、島の辛《つら》い暮らしに堪えられなかったのであろうか。

「こういう辛抱の足らねえ奴《やつ》が、またぞろ悪さをするンだよ」

十兵衛が考えていたことを見抜いたかのように、久保田はそう言って、目に焼きつけておけと繰り返した。右目の瞼《まぶた》から眉《まゆ》にかけて刃物傷があるのが特徴だという。

「しかし旦那、どうして富士見坂なんかに。江戸は広いだろうに……この辺りに、こいつの縁者でもいるのか」

「そういうことだ。元は内藤新宿を根城にしている『念仏の平蔵一家』で博徒をしていてやめた男だ。博徒といや聞こえはいいが、ただのごろつきだ。マムシの異名を取って、甲州街道筋の者を震え上がらせていたらしいぜ」

「マムシ?」

「黙りこくってるくせに、突然、襲いかかるんだ」

ぐわっと掌《てのひら》で摑《つか》みかかる真似《まね》をして、「マムシのようにな」

「そんな強面《こわもて》の奴が、なんで一家をやめたのだ?」

「破門された。あまりにも凶暴だったからよ。奴は一家を追い出された後、元々てめえの女だったお松という女に復縁を迫った。だが、その時お松は別の男と一緒になっていた。それを知った新吉は、その亭主……善二といったか、そいつを殴り殺したンだ」

「殴り殺した⁉　だったら死罪じゃねえのかい」

「ところがな……」

まだまだ喋《しゃべ》りそうだったが、久保田はふと我に返って、やめたやめたと両手を振りながら、十兵衛を睨《にら》みつけた。

「どうも、おまえさんの顔を見てると、あれこれ喋りたくならア。とにかく、マムシの新吉にゃ遠島だろうが何だろうが関《かか》わりねえ。カッとなりゃいつだって牙《きば》を剝《む》くんだよ。現にこうして島抜けをした。いいな、見かけたら必ず報せろよ。おめえは、人の顔を覚えるのが得意らしいからな」

久保田は意味ありげな笑みを洩《も》らすと、おいと伊蔵に顎《あご》をしゃくって立ち去った。伊蔵が十兵衛をギロリと一瞥してから、金魚の糞《ふん》のように同心を追うのも、いつもの光景であった。

「――島抜け、ね……」

割の合わないことをしたものだと十兵衛は思った。江戸から何十里も離れた海の孤島からは、小舟を使ったところで、素人が漕《こ》げば伊豆《いず》や房総に着くどころか、黒潮に流されてどこか遠い国へ漂流するか、大海原のうねりに飲み込まれるのがオチだ。

その話は、湯屋『宝湯《たからゆ》』でも持ちきりだった。

「島帰りが、この辺りをうろついてるらしいぜ」「そんな奴は捕まえて畳《たた》ンじまえ」

「どうせ死罪だ、逆らえば風呂釜《ふろがま》の中に沈め込んでやりゃいい」

などと物騒な声が柘榴口《ざくろぐち》の奥の湯舟で聞こえている。かと思えば、いきなり荒々しい口調になって、

「おうおう、うめるンじゃねえよ、こら。ぬるくなるじゃねえか」

「やせ我慢するンじゃねえやい。うめろや、うめろ」

「ばかやろう。ぬる湯なんざ、江戸っ子が入るもんじゃねえ!」

熱い湯が好きな者とぬるいのがいい者が喧嘩をする様子は『浮世風呂』にも描かれている。上方《かみがた》に比べて、江戸は熱めを喜ぶ人の方が多いようで、

「おめえ熱かア香の物を一切れ入れて掻《か》き回しねえ。そりゃ沸いてきたぞ。豪的だア、虱《しらみ》のくらった穴へ浸みて、いい塩梅だぜ。体中へ一粒鹿子《ひとつぶかのこ》の紋がついた。虱々《ちいちい》もまんざらじゃねえ」

というように、ひりひりと火傷《やけど》をするくらいの熱さを好む者が多かったようだ。

　ここ宝湯の湯舟も、入った瞬間にウッと喉《のど》の奥で声が止まってしまうほど熱かった。押し黙ったまま、じっと肩まで浸かっている姿はまるで我慢比べである。頭の奥まで真っ白になるほどの熱い湯を満喫した後、浴衣《ゆかた》をまとって涼むのが心地よい。仕事もせずに、真っ昼間から湯屋の二階で将棋を指したり、冷や水を飲みながら四方山《よもやま》話《ばなし》をするのは、まさに隠居暮らしのような極楽だった。

　十兵衛と菊五郎《きくごろう》は端っこの壁に凭《もた》れて、肌から湯気を舞い上がらせながら、例の島抜けの話をしていた。

「それは本当かい、菊五郎」

　と十兵衛は聞き返した。菊五郎には、宝湯と同じ谷中富士見坂で髪結い床を営んでいる女房がいる。まさに髪結いの亭主で、昼間からぶらぶらしていた。もっとも女房も、菊五郎の遊び人のような性質《たち》を承知しているから、小言のひとつも言わない。

「坂上の境内の片隅にある長屋……そこに、島抜けの男が現れるってのは、たしかなことなのか?」

「十兵衛の旦那も知ってるだろ。一月ばかり前に越して来た母娘連れだよ」

「俺《おれ》も母親の顔は、昨日、初めて見たが、どこか曰《いわ》くありげだった」

「旦那もそう……?　俺も感じてたが、ま、その勘は冴《さ》えてたってわけだ。なにしろ、その娘連れの母親が、お松……島抜けしたマムシの新吉の元情婦《いろ》なんだからな」

さすが菊五郎は元は腕利きの岡っ引だっただけのことはある。御用札を返した今でも、奉行所筋から色々な裏話が舞い込んで来るらしい。

「そうだったのか。それで町方が……」

と十兵衛が遠いまなざしになると、菊五郎はからかうように笑った。

「旦那。またぞろ惚《ほ》れ癖の虫が騒いだンじゃねえだろうな。たしかに男好きのする女だが、あの手合いは、よしといた方がいいですぜ」

「なにを言っているのだ」

「旦那好みのいい女だからね。小作りですうっと鼻筋が通って、吸いつきたくなるような唇がちょこんとある」

「顔なんか覚えてないよ。というより、昨日、初めてちらっと見たが、暗くてな……新吉がその母娘の所に現れる根拠はなんなのだ？」

菊五郎は待ってましたとばかりに、膝《ひざ》を組み直すと、渋い茶をすすって少しだけ声を低めた。

「奴……新吉ってやろうは、島抜けをする前から、『殺してやる！　お松も、そのガキもいつかきっと殺してやる』とそんなことばっかり、周りの者に言ってたそうだ」

「マムシの逆恨みか。他の男と一緒になったことへの」

「だが、何十里も離れた島の男に、そんな事ができるわけがない。本気でやろうと思ってるはずもない。そう考えるのがふつうだ。でもよ、島抜けできたのは……誰かの手助けがあったらしいんだ」

「手助け……」

「ああ。舟を用意した奴がいるんだ。地元の漁師かもしれねえ。いずれにせよ、そんな危ない事に手を貸すのは、よほど金を積んだんじゃねえかな。つまり……」

「新吉には仲間がいて、手助けをしたってことか」

「恐らくな。町方もそう睨んで、一緒につるんでたごろつきも、片っ端からトッ捕まえて調べているらしい」

「ま、俺たちには関わりのないことだ。もっとも、こんな平穏な谷中富士見坂通りで、子供たちが恐《こわ》がるようなことは、させちゃならないがな」

「ほら、やっぱり気になってンじゃねえか、あのちょいといい女を。かれいと女は子持がいいってことかい？」

「ばか言うな」

と言いつつも、十兵衛はその日から、洗い張りの仕事もそこそこに、境内で遊ぶ子供たちに気を配っていた。万が一のことが起こった場合、トバッチリを受けないように守るためである。

三

その数日後の夕暮れ。十兵衛がいつものように子供たちと泥ンこになって遊んで、店に帰ろうとすると、「月丸十兵衛様」と呼び止められた。

振り返ると、例の娘の母親が立っていた。お松である。うらぶれた暮らしをしているが、元は商家の娘であろうか、貧《まず》しさを毅然《きぜん》と受け入れているような姿だった。

「旦那は洗い張りの商《あきな》いをしてるんですね。私、一月くらい前にここに越して来たばかりなので存じ上げなくて、申し訳ありませんでした」

生まれつきなのだろうか。お松はそこはかとなく淋しげな顔だちをしており、精気も乏《とぼ》しい感じだったが、それがかえって男心をそそる色香になっていた。

「申し訳ないって……」

「あ、いえ、ご近所のおかみさん連中には、もてもてのお方だとか」

「そんな事はない。ご存じの通り、子供と遅くまで遊びすぎて叱られてばかりだ」

「安心して任せられるからですわ。みんな、そうおっしゃってます」

　山門の外の高札に貼《は》られてある人相書を、お松が見ていないはずはない。内心は兢々《きょうきょう》としているのかもしれないが、まったく顔には出していなかった。

　もちろん十兵衛も、マムシの新吉とお松との関わりなど、まったく知らないふりをしていた。だが、お松は意味ありげに顔を複雑に歪《ゆが》めて、

「月丸様に、お願いしたいことがあります」

「俺に？」

「ちょっと、うちへ寄って下さいますか」

　十兵衛は曖昧《あいまい》に返事をしていたが、お松は極々《ごくごく》自然に手を取って、境内の片隅にある粗末な長屋に誘った。

　この長屋は、その昔、染井川と結ぶ掘割を作るために普請した折に、人足を寝泊まりさせた飯場《はんば》のような所だ。家族が住むようにはできていないから、今も他の住人は若い独り者が多かった。店賃《たなちん》が安いという他には取り柄がなく、境内に広がる樹木の陰になって、日当たりも悪かった。

　玄関に入ると、灯《あか》りもない部屋の中で、娘がぽつんと座っていた。目の前に置いた小さな壺《つぼ》の中を、じっと見つめている。十兵衛が不思議そうに見やると、

「ああ、金魚を見てるんです」

と、お松が説明をした。

「金魚……」

「縁日で買ったもので……娘は、お春といいます。あ、私は、お松と申します。挨拶《あいさつ》が後になって済みません」

「お春ちゃんの名は近所の子から聞いてたよ。体が弱いとか」

「はい。そのこともあって、ちょっと……」

お松は丸行灯《まるあんどん》に小さな火を灯《とも》すと、その淋しそうな横顔が浮かび上がった。ふつうの行灯は菜種油と藺草《いぐさ》の芯《しん》だが、安物の油のせいか焦げたような臭いが広がり、明かりも乏しかった。

お春は、見ず知らずの男が家に入って来たので、少し疎《うと》ましげな視線を向けていた。が、母親が静かに話している姿に安心したのか、壺の金魚に目を戻した。

押入から、一枚の反物《たんもの》を取りだしたお松は、丁寧に、十兵衛の前に広げた。絹の上物で、保存がよいせいか、どこも傷んでいない。貧乏長屋の暮らしとは縁のなさそうな友禅縮緬《ゆうぜんちりめん》である。

「嫁に出る時に、親が私に持たせてくれたものです」

「随分と立派なものだ……」

「どうして、こんな暮らしをとお思いになられたのでございましょう？　父親は加賀《かが》でちょっとした菓子の大店《おおだな》をやっておりました。でも、親の反対を押し切って、江戸に出て来たのです」

「亭主と？」

「あ、はい……」

お松は一瞬だけ返事を詰まらせたが、誤魔化すように、ほんのわずか早口になった。

「亭主はもう五年程前に亡くなりました。植木屋をやっておりましたが……」

それ以上、余計なことは言うまいと口を閉ざした。亭主とは、マムシの新吉に殺された善二のことである。もちろん、この事も十兵衛は知らぬ顔をしていた。

お松は反物を包み直して、十兵衛の膝元に差し出した。

「これで、洗い直して下さいませんか」

「え？」

「お金はありません。でも、それなりの値打ちの反物だと思います。親は幾つも持たせてくれましたが、これが最後のものになりました。頼りにしていた加賀の二親もすでに他界しております。どうか、何卒《なにとぞ》、これで」

「そう言われても……」

十兵衛は困惑をした顔になった。お松が言いたいことは分かっていた。

『人生を洗い直して欲しい』

それが狙《ねら》いだということは察知できた。ましてや、島抜けの元情夫にこの場所を突き止められて、娘まで巻き込んで殺されるわけにはいかない。そう考えているのであろう。

だが、あえて十兵衛は惚《とぼ》けた。人を一人、世の中から、その存在を消してしまうのは、容易なことではないからだ。良かれ悪しかれ、人生そのものを狂わせることになる。ましてや、病がちの幼い子供を一緒に〝消す〟ことなど至難の業だからだ。

「何の話かな?」

あくまでも、すっ惚ける十兵衛に、お松は毅然と言った。儚《はかな》さや淋しさを漂わせているる女とは思えぬ目つきになって、

「お願いです。どうか、私たち母娘を助けると思って、お願いでございます。何卒、何卒……!」

と娘の前でありながら、両手をついて一生懸命頭を下げた。お松はじっと俯《うつむ》いたまま、打ち震えていた。何事が起こったのかと、お春は驚いた顔を向けている。十兵衛

はちらりと目があったから、

「お春ちゃん、大丈夫だよ。おじさん、おっかさんをいじめてるんじゃないからね」

「分かってる。どこか、私、お医者様の所へ入れられるんでしょ？」

お春はそれだけポツリと言った。

「お医者様……」

お松はゆっくりと顔を上げると、救いを求めるように十兵衛の目を見つめた。今まで、あちこち移り住んで来たのであろう。あるいは肩身の狭い暮らしをして来たのかもしれない。娘には、次に移る口実として、療養所にでも移ると言ったのかもしれない。

「誰に、俺のことを？」

十兵衛は率直に尋ねてみた。その応答次第では、断るつもりだった。

「さつきさんという、女占い師にです。両国橋西詰《りょうごくばし》めに出ている」

「さつき……」

「はい。実はこの長屋の大家さんに口を利いて貰《もら》ったのも、さつきさんなんです。路頭に迷っていたので、さほどあてにもせず占いで見て貰ったら、この方角がよいと」

「あいつめ……またぞろ勝手に〝客〟を拾いやがったな」

と十兵衛は口の中で呟《つぶや》いた。どうやら、さつきは、この母娘はいずれ、洗い直すときが来るであろうと事情を汲《く》んで、わざと十兵衛の側《そば》に住まわせた節がある。もちろん、お松は『洗い屋』というものが世の中にあると知っていたはずはあるまい。島抜けの新吉の一件で、さつきに相談したところ、

——月丸十兵衛がなんとかしてくれる。

と進言したのだという。

「まったく余計なことばかり、しやがって、あの女……」

十兵衛は、惚《とぼ》けて笑って誤魔化すさつきの顔を思い浮かべた。風変わりな髪型にチャラチャラした簪《かんざし》をつけて、目が痛くなりそうな色合いと柄の着物と帯で、意味もなくニタニタ笑うに違いない。

「如何《いかが》でございましょう。この反物で不足だと言うのでしたら、後で何としてでも、お支払い致します。もちろん、誰にも何も話しません」

「…………」

「あらかたの事情は、さつきさんにお話ししておきました。ですから……」

「分かった」

それ以上言うことはないと制して、十兵衛は、お春の方へ近づいた。

「おじちゃんにも見せてくれるかい？」

「いいよ」

素直に育っている。そんな目をしていた。一見して体の何処が悪いのか分からない。たしかに年齢のわりには小柄だし、顔色もよくないが、外で遊べないほどの体には見えないのである。

十兵衛が覗き込むと、水の中で、親指ほどの大きさの真っ赤な金魚がじっとしていた。鰓《えら》がわずかに動き、ぶくぶくと小さな泡を吹いている。

「この金魚が死んだら、私も死ぬの」

他人事《ひとごと》のように淡々と、お春は唐突に言った。

「そんなことを言っちゃいけないいな」

「ほんとなの」

十兵衛が困った顔をするのへ、お松はすみませんと頭を下げてから、

「お春。だったら、その金魚、いつまでも生きるように世話してあげなさい」

「うん。よく水を換えてあげてるよ。藻草《もぐさ》も入れてあげてるしね」

この母娘の話には、他人が入り込めない濃密な信頼があるようだった。だから、忌み嫌うような言葉を吐いても、すぐにたしなめるようなことはせず、自然体でやりす

ごすことができるのであろう。

明日にでも詳しい話をすると約束して、十兵衛は長屋を後にした。

山門の石段を降りようとすると、鐘撞《かねつ》き堂《どう》の方から、ぶらりと同心の久保田万作と岡っ引の伊蔵が現れた。闇の中に立つ二人の姿も異様なものである。

「やっぱり何か隠してやがるな」

と久保田はもじゃもじゃとした眉を吊《つ》り上げた。

「おめえ、どうして、あの母娘と関わろうとしている。そこの人相書の男と、関わりがあることも知ってやがるな。いずれ、ここに現れることも」

「は？　俺はこのとおり、反物を預かって来ただけだ。染み抜きを頼まれてな」

と十兵衛は両手に抱えている反物を、ひょいと掲げてみせた。

「惚けるんじゃねえ。知ってることがあるなら、すっかり喋って貰おうか。その方が、おまえの身のためだ」

「身のため、と来たか。俺が何かしたか？」

なぜか知らぬが十兵衛のことを、会うたびに目の敵《かたき》にする久保田に、十兵衛は少々うんざりしていた。

「鬼八《きはち》という遊び人が、ゆうべ殺された。こいつは、マムシの新吉の島抜けを手伝ったと思われてる男でな……おそらく新吉がやったんだ」

「……どうして、そんな」

「訳なんざ、おまえに言ってもしょうがねえ。だがな、新吉は必ず、あの母娘の前に現れる。そこを俺たちが捕らえるつもりだ。だから、その邪魔だけはするな。いいな」

久保田は恫喝《どうかつ》するように十兵衛を睨むと、二度と母娘に近づくなと吐き捨てるように言って、立ち去れと顎でしゃくった。

――要は、母娘は、新吉を捕らえるための囮《おとり》ってわけか。

十兵衛は石段を降りながら、新吉からも同心たちからも、手が届かぬ所へ洗ってやろうと決意をした。

四

煌々《こうこう》と輝く月明かりが、宝湯の二階に差し込んでいた。

十兵衛を中心に、菊五郎、半次《はんじ》、さつきたち洗い屋が集まっている。宝湯の三代目当主の半次は、暖簾《のれん》を外して、やっとこさ湯舟の掃除を終えたところだった。

た。

「ああ、疲れた疲れた」

と言っては、手当たり次第に、饅頭《まんじゅう》だのおにぎりだのを口に運んでいる。十兵衛たちは炙《あぶ》ったスルメを肴《さかな》に、灘《なだ》から届いたばかりだという酒をちびりちびりやっていた。

「近頃は、こんなに水みてえに澄んだ酒が流行《はや》りだ。うめえもんだな」

菊五郎が舌鼓を打つと、さつきもポンとほっぺたを鳴らすように笑って、

「ね、私の勘は鋭いでしょ？」

「そうじゃなくて、おまえ、あの貧しい母娘から、金を取ったンじゃあるめえな」

と菊五郎が責めるように問い質《ただ》すのへ、

「バカなこと言わないでよッ。これでもね、困った人を見ると黙ってられない性分なんだからね」

「よく言うよ。占いなんざ、所詮は人を欺いて儲《もう》けてる騙《かた》りの類《たぐい》じゃねえか」

「なんですって！　私と話して心救われた人は沢山いるんだからね」

「泣いた奴もな」

十兵衛は二人の間に割って入った。

「よせよ、折角の酒がまずくならあ。菊さん、おまえさんも随分と大人げないねえ。

こんな跳ねっ返り、まともに相手にするなよ」

「なッ、なにさ、跳ね返りって！」

今度は十兵衛に矛先《ほこさき》が向いて来そうなので、さっさと本題に戻した。

「お松、お春母娘だがな、早いとこ洗ってやらないと、凶悪な男がいつ襲って来るか分からないんだ。まさにマムシみたいにな。もうその辺の藪《やぶ》に潜んでるかもしれぬ」

「そうよ、一刻も早く、明日にでも洗ってあげて。方角としてはね、清《しん》国から来た風水という占いによると……」

さつきがぼろぼろになったタネ本を開けようとすると、菊五郎が口を挟んだ。

「もうちょい様子を見た方がいいと思うぜ」

少し意味ありげな口調で野太い声を洩《も》らすと、さつきは頰を膨らませて、

「なにさ、いつも勿体《もったい》つけてさ。菊五郎さんさ、知ってることがあるならチャッチャッと言ってくんないかな」

「考えてもみな。幾ら怨《うら》みに思ってるからといって、一度は惚れた女とその子供を、荒海の孤島から殺しに来るかね。それに、最近、島に咎人《とがにん》を送り届けた役人に聞いた話じゃ、向こうで島女とねんごろになって、それなりに余生を楽しんでたらしい」

流刑になった者の暮らしは余生と呼ばれている。島役人の監視はあるものの、何を

して暮らしてもよいのだ。流刑を実行される前の小伝馬町《こでんまちょう》牢屋敷《ろうやしき》での禁固状態の方がよほど辛いという。しかも、新吉は腕っ節が強くて、豪胆な性質《たち》だから、流人たちの頭目格のような存在になっていたらしい。そんな男が、なぜ突然、島抜けをしたかが、菊五郎には理解できなかったのだ。

「そんな奴の気持ちなんか知らないよ」

と、さつきは猛然と反論した。

「だって、そうじゃない。この男は、お松さんの亭主を殺した奴なんだよ。嫌な男を殺して一生流罪なんだから、お松さんに仕返しもしたくなろうもんさ」

「いや。だがな……」

菊五郎は杯を舐《な》めて、「お松は、新吉が死罪にならねえように、お奉行に嘆願を出してんだよ。訳は俺も知らねえが、お松の思いが斟酌《しんしゃく》されて、命までは取られなかったんだ。そんな女を殺したくなるか？」

「でも、長年、辛い島暮らしだと、嫌なこともあるだろうし……」

「言っただろ？　向こうじゃ別の人生を歩んでたんだ、マムシなりにな」

手酌で酒を飲んでいた十兵衛が、菊五郎に同調するように頷《うなず》いた。

「たしかに……お松には、まだ何か隠してるようなところがある。俺たちは、咎人を洗うことは決してしない。そして、すべてを正直に話さない奴も一切洗わない。洗う前に、こっちで調べて、嘘《うそ》が分かったら、そのまま流してしまう。それが掟《おきて》だ」

「分かってるよ、言われなくたって」

さつきは十兵衛の手から、ひったくるように銚子《ちょうし》を摑《つか》んで、「でも、私は嫌だからね。みすみす殺されるのを黙って見てるなんて」

「誰がそんなことを言った」

十兵衛はさつきから銚子を取り返した。

「とにかく、娘の病が気になる。身を守るためにも、俺の知っている小石川養生所の医師に頼むことにした。そこの長屋よりは、マムシに嚙《か》まれにくいだろう。養生所廻りの役人もいることだしな」

「そりゃ、いい考えだ」

と半次が食うこと以外で口を開いた。

「その間に、母娘の裏をじっくり調べりゃいい。尻の形は知ってるけどな。時々、湯に入りに来てたから」

「ばか。あんたって食い気と色気だけは一人前なんだね」

さつきが悪態をつくと、半次は満足げにでっぷりとなった腹を撫でながら、

「そんなカリカリするもんじゃねえよ、いい女が。しばらく男に体をいじくられてないんじゃねえか?」

言い終わらぬうちに、バシッと半次の頭が、さつきに叩かれていた。

小石川養生所に移ったと知った定町廻り同心の久保田は、苦虫を嚙んだような顔で十兵衛に詰め寄った。

「どういう了見だ、エッ。おまえさんが話をつけたってえじゃねえか」

「いかんか? 養生所の原保史《はらやすふみ》先生は俺の幼なじみみたいなもんでな。ま、助平な所が玉に瑕《きず》だが、男気のある奴だ。マムシの一匹や二匹、捻《ひね》り潰《つぶ》すと思うが」

久保田はもう一度、歯ぎしりをして、

「いいか。奴はどんな手を使っても、あの母娘を傷つけるだろう。そうなると、他の患者にも迷惑がかかる。そこんところは分かってるんだろうな」

「そうならないようにするのが、あんたらお役人の勤めでしょうが。囮はいかんな、囮は。しかも、あんな弱々しい母娘を」

図星を指されたので、久保田はぐっと怒りを抑えたが、腹の底から絞《しぼ》り出すような声で言った。

「洗い張り屋……てめえは侍として牙が抜かれてるから、分かンねえだろうが、悪い奴ってなあ、とことん悪いんだ。甘い顔を見せるとすぐに鋭い爪《つめ》で喉をカッ切られる。

その証《あかし》に……」

「証に……？」

「昔の仲間を殺した話はしたな。殺された鬼八と新吉らは、その昔、ある賭場《とば》の金を盗んで逃げたことがある」

「金を……」

「ああ。三百両近くの大金よ。その分け前で揉《も》めてたんだろうが、その隠し場所は新吉しか知らねえ」

「だから、島抜けを手伝って、その代わりに金の在処《ありか》を喋らせようとした、とでも言うのか？」

「勘がいいな。その通りだろうよ。しかし、新吉は島抜けを手伝わせた後、鬼八を殺して逃げた」

「新吉がやった証はあるのかい？」

「他に誰がいるってンだ！」

久保田は声をあらげて、下手人《げしゅにん》が挙がらないのは、まるで十兵衛のせいだとでも言いたげに睨みつけた。加勢するように、岡っ引の伊蔵も細い目を投げかけている。
「さっき、鬼八と新吉ら、と言ったな……他に誰かいるのか、仲間が」
「そんなことを聞いてどうする」
「いるなら、そいつのせいかもしれないじゃないか」
明らかに他に仲間がいる、という表情をして、久保田は目を逸《そ》らした。
実は、菊五郎が既に調べていて、十兵衛は知っている。新吉には、鬼八と紅蔵《べにぞう》とい
う遊び仲間がいたのだ。二人とも、博打や喧嘩で何度も牢屋敷を出入りしていた。ど
うせ紅蔵の方も、町方は探っているに違いない。もっとも、隠し金のことは初耳だっ
た。それが事実なら、
——その金をどうするか。
も十兵衛には気になるところだった。
「ま、とにかく、物騒な輩《やから》は、あんたら町方役人が厳しく捕らえてくれよ。でないと、
俺たち町場の者は枕《まくら》を高くして眠れぬ」
十兵衛が突き放すように言うと、久保田はもう一度、捕り物の邪魔だけはするな、
と語気を強めて睨んだ。

五

金魚鉢に移し替えられてから、お春の小さな金魚は心なしか生き生きしているように見えた。金魚に活気が漲《みなぎ》ると、お春の体も元気になったような気がする。

お松は、そんな幼い娘を見ながら、縫い物をしていた。原保史医師の配慮《はいりょ》で、しばらくは娘と一緒に、小石川養生所で一緒に暮らすことが叶《かな》ったのだ。

「どうですかな、お加減は」

診察室から渡り廊下を歩いて来た保史が、離れのお松に声をかけた。

「心なしか、お春にも元気が戻ったような気がします。先生方のお陰です」

と、お松は深々と頭を下げた。原は金魚を見ているお春に、

「お春ちゃん、暖かくなっても、夜はちゃんと寝間着を着て、おへそを出さないようにして寝るんだよ」

「はいッ」

「うむ、元気がいいね。その調子、その調子」

お松も微笑《ほほえ》んで娘の横顔を見ていたが、その笑みがわずかに翳《かげ》った。今は元気に見

える。だが、本当は重篤《じゅうとく》な病《やまい》であることが分かっているからである。

原医師が養生所内を一回りして、自室に戻ると、十兵衛が待っていた。

「おう、十兵衛、来ておったか」

「済まぬな、ヤス。他の患者を押しのけて、無理強いしたみたいで申し訳ない」

「なに、丁度、女病人長屋に空きがあったからな、気にするな」

小石川養生所には誰でも入れるというわけではない。何の病か診断した上で、町医者にかかれぬほど貧窮《ひんきゅう》であることを、名主や大家から証明して貰わなければならない。

八代将軍徳川吉宗はいわゆる公共福祉のために、北は津軽や蝦夷《えぞ》から、南は長崎、薩摩まで諸国の薬草を採取検分し、小石川や駒場《こまば》の薬草園で様々な薬草を栽培させた。もちろん、天領や諸藩にも奨励《しょうれい》し、高麗《こうらい》人参のような高価だが病気の治癒《ちゆ》に役立つものを作らせ、栽培から調剤、流通までを、幕府自らが大事業として執《と》り行った。

同時に、貧しい病人を救うために、小石川薬園の中に、千坪程の土地を使って造られたのが養生所だ。享保《きょうほう》七年（一七二二）のことだから、もう百年程前のことである。何度か修改築しているとはいえ、ガタが来ている。しかし、仏に縋《すが》るように入所を希望する者は絶えなかった。本道《ほんどう》医、外道《げどう》医、眼医者ら十数名が、百人を超える患者を看る上に、時を選ばずして訪れる急患も扱うから大変なことだった。

「そんなに酷《ひど》いのか？　見た目は普通の子供なのだがな」

十兵衛が訊《き》くと、原医師は暗い面持ちになって俯《うつむ》いたままで、

「生まれつき、体中の精気が消えていく不思議な病のようだ……俺も一度だけ長崎で見たことがあるが、どうしようもない……臓器も手足の筋も衰弱するんだ……」

「治らないのか？」

「今すぐ死ぬことはないだろう。だが、もし風邪をこじらせたり、激しく体を動かしたりすれば、心の臓に負担がきて血の巡りを悪くして、卒中のように倒れるかもしれん。ましてや、流行病《はやりやまい》に罹《かか》ったりすれば、大事だ。命の保証はない」

「可哀相《かわいそう》にな……だから、あんなことを言っていたんだ」

「あんなこと？」

「金魚が死んだら私も死ぬ……そんなふうにな。自分の体のことを知っていたんだな、あんな幼い子が……」

「そこまで悲観することはない」

と原医師は、金魚の命次第などというのは馬鹿《ばか》げていると話してから、長崎にいるオランダ医師に頼めば何とかなるかもしれないと言った。

「もっとも、長崎まで連れていく体力が心配だがな。それと、南蛮の薬や手術となると、莫大《ばくだい》な金がかかる」

「金……幾らくらいだ」

「待てよ、十兵衛。おまえが払ってやれる金じゃない」

十兵衛が〝洗い屋〟をしていることを、原医師は知らない。数十両の金なら、なんとかしてやれると、十兵衛は心の片隅で思っていたが、返ってきた答えは、

「ざっと二百両」

「そ、そんなに……おい。医者というのは騙《かた》りみてえに、金を巻き上げるンだな」

「騙りはないだろう」

「だって手術を受けて、治らなくとも、その金は取られるンだろうが」

「ま、とにかく……静養が一番だ。俺も蘭方《らんぽう》外道医の端くれだ。なんとしても、少しでも良好になるよう努力するよ。おまえのコレのためだからな」

と小指を立てた。

「おいおい、そんなんじゃないぞ」

「あれ？　そんなはずはあるまい。あの母親があんな美形でなきゃ、おまえが助けようなんて思うわけがない」

「こら、おまえと一緒にするな」

ガハハと笑いあったが、病に苦しむ患者ばかりの養生所だ。看護の女たちに、不謹慎だと睨みつけられて、十兵衛は頭を掻いた。

実際、このところ、江戸では麻疹《はしか》が流行っていた。二十数年ごとに広がると言われている。麻疹に罹ると、発疹《ほっしん》や結膜炎を伴うから、大人は仕事もできない。子供の頃に罹患《りかん》すると免疫ができるが、酒呑童子《しゅてんどうじ》や疫神が病気を広めていると信じられており、有効な手だてはなかった。三十年程前には、江戸だけで死者が一万人を超していたから、庶民は恐れ心配していた。

「この際、江戸を離れて、長崎でゆっくり治療した方がよいのだがな」

とはいえ、一人の幼い娘のためだけに、二百両もの大金を、養生所が持つこともできない。黙って堪えるしかないのだ。

「世の中、金で買えないものはないと、吉原で大盤振る舞いをしている豪商がいるが……やはり命も金次第ってことだな」

しみじみ言う十兵衛に、原医師は曖昧《あいまい》に頷くしかなかった。原がまた診察に出回ったので、十兵衛は養生所を後にしようとすると、お春が中庭から声をかけてきた。

「おじちゃん、ありがとう！」

その笑顔は日輪草《ひまわり》のように明るかった。

「おじちゃんも、どこか悪いの？」

「え……ああ、ちょっと風邪をこじらせてね」

様子を見に来たと悟られたくなくて、十兵衛が軽く咳《せき》をする真似をすると、お春は心の底から案じたように、

「ちゃんと治さないとだめだよ。お春みたいに、なっちゃうよ」

とほんの少し情けをかけるような顔をして、子供なりに他人を思いやるのだった。

「ありがとう。ちゃんと言うことを聞くから、お春ちゃんもな」

「うん。じゃあね」

お春は女病人長屋に戻ろうとして、ふいに立ち止まって振り返った。

「あ、そうだ。おじちゃん、この玩具絵《おもちゃえ》作れる？」

唐突な問いかけに十兵衛は、首を傾《かし》げるしかなかった。お春は、きちんと向き直ると、すぐさま手にしていた図版を大切そうに抱えて近づいて来た。

「ああ、綺麗《きれい》な絵だね」

大奥女中のような着物を描いた絢爛《けんらん》豪華な刷り絵に見えたが、目を凝《こ》らすと版画ではなく直筆だと分かった。

「これ……お春ちゃんが？」

「うん。私が描いたの」

十兵衛は感心したように頷きながら、

「へえ、うまいもんだ。本物の玩具絵かと思ったよ」

玩具絵とは、赤本や豆本のように子供が読むものや双六《すごろく》のようにして遊ぶものだ。そして、鋏《はさみ》などで切った後で組み立てたり、着せ替え人形にしたりするものもあった。歌川国長《うたがわくになが》という浮世絵師が描いた玩具絵は高価だったが、大抵は庶民の手に届くものだ。それでも、貧しいお春には高嶺《たかね》の花だから、じぶんで真似て描いたのである。紙や顔料もなかなか手に入らないから、お松が奉公先から余ったものを貰ってきたのだろう。

「上手だねえ……凄《すご》いなア」

十兵衛は本当に感心して何度も掲げて見ながら、「器用なんだね、お春ちゃんは」

「おとっつぁん譲りなの」

「覚えてるのかい？　おとっつぁんのこと」

「ううん。でも、こんな玩具絵を作ってたんだって」

新吉に殺された善二というのは、植木職人だが、『千代紙』や『一文人形』『姉様』

などを作って遊んでくれていたらしい。西陣織のような美しい千代紙、犬、猫、兎《うさぎ》などを象《かたど》った一文人形、鳩笛のようなぴいぴい、着せ替え人形である姉様。善二は、お春が三歳の頃に亡くなっているが、それぞれ子供心に深く刻まれていたのだ。

「歌だって覚えてるよ」

「歌？　おとっつぁんが歌ってくれたのかい？」

うんと頷いたお春は、玩具絵を胸にあてがったまま、静かに歌い始めた。

――春よ来い。春よ来い。かわいい蝶々《ちょうちょう》が頭にとまる。おめめきょろきょろ、鼻つんつん、お耳ぴらぴら、口ぱくぱく。眉逆上がり、りんごほっぺ、りんごほっぺ、いい気持ち……。

どこかの田植え歌のような節回しで、悠長な感じだったが、十兵衛は聞いたことがなかった。古来、中国から渡ってきた林檎《りんご》は栽培されていたが、誰でも手に入るものではない。頬が林檎のようだと愛《め》でるのは、よほど豊かな暮らしぶりのよい土地柄の歌に違いないと十兵衛は思った。

「あまり、聞いたことのない歌だね」

「うん。だって、おとっつぁんが勝手に作ったものらしいから」

「そう……面白い、おとっつぁんだね」

一緒に湯に入りながら、薄暗い湯煙の中で、歌っていたこと、その低い声も、ぼんやりと覚えているという。

「でも、顔は全然覚えてないけどね」

十兵衛は改めて、まじまじとお春の顔を見つめた。狸《たぬき》のようなくりんとした目で、愛嬌《あいきょう》がある。この子の命が儚いものだと思うと、十兵衛は痛ましく、切ない思いが津波のように胸に溢《あふ》れそうになった。

「あ、そうだ。金魚に餌《えさ》あげなきゃ、死んじゃう、死んじゃう。私も長生きしないと、おっかさんが可哀相だから。じゃ、またね」

と屈託のない笑顔で手を振って駆け去った。

当時は儒教の教えのため、父母から恩恵を受けて育ったからには、天寿を全うしなければならず、病になることも親不孝とされていた。だから、普段から不摂生《ふせっせい》をせぬよう、体に気をつけたのである。

「だが、あんな小さな子までが……」

諦観《ていかん》したように、病がちに生まれたことを怨むでなく、他人を羨《うらや》ましがることもなく暮らしていることに、十兵衛は何か大切な事を教えられた気がした。

六

文化・文政《ぶんせい》年間は江戸文化の爛熟《らんじゅく》期であり、いわゆる外食も一般的になっていた。両国橋や浅草、上野界隈《かいわい》は料理茶屋が林立し、祭りでも縁日でもないのに、大勢の老若男女で賑《にぎ》わっていた。

浅草奥山には芝居小屋や水茶屋、矢場などが並ぶ江戸で一、二の繁華な場所である。浅草寺の伽藍《がらん》の間を埋めるように、掛け小屋が並んで、絵馬や破魔矢《はまや》を売ったり、土産物屋や一膳飯屋《いちぜんめしや》が並んでいた。

その一角で、辻占《つじうらな》いをしていたさつきは、ぶらりと歩いて来る菊五郎の姿を見つけ、

——あっちだよ。

と筮竹《ぜいちく》で、めったにない女義太夫の浄瑠璃《じょうるり》小屋を示した。そのそばには幾つもの芝居茶屋があり、その間に葦簀《よしず》張りの蕎麦屋《そばや》があった。

通りからでも中の様子が見える。朝顔模様の小袖《こそで》に更紗《さらさ》の帯は、どう見ても無精《ぶしょう》髭《ひげ》の遊び人には不釣り合いだった。頭がどうかしているのか、女物を着ているのであ

る。無粋を粋《いき》に見せるのが、遊び人の楽しみであった。

　菊五郎は蕎麦屋に入って、その遊び人の前に腰掛けるなり、

「新吉はどこでえ」

と訊いた。残りのつゆに蕎麦湯を足して、ゆっくり飲もうとしていた遊び人は、ブッと噴き出しそうになった。

「おめえなら、知ってると思ってよ、紅蔵」

「誰だ、てめえ」

「島抜けも、おめえが手伝ったんじゃねえのか?」

「…………」

「鬼八が殺されたことは知ってるな。おめえがやったのなら、投獄や遠島じゃ済まねえぜ。獄門……さらし首だな」

　鋭い眼光の菊五郎は、紅蔵をゾクッとさせるのに充分であった。さすが元は、すっぽんのようにくらいついたら離れない岡っ引だ。紅蔵のような半端者は、まさに蛇に睨《にら》まれた蛙《かえる》で、ガクガクと膝が笑い始めた。

「正直に話しゃ、命までは取らねえよ」

「じ、十手持ちじゃねえのか」

菊五郎はニタリとほくそ笑んで、

「それよか恐いかもしれんぜ。賭場荒らしどころか、三百両も盗まれたンだからよ……ま、二足の草鞋《わらじ》というやつだ」

とドスの利いた声を洩らすと、紅蔵は賭場の元締め一家からの追っ手だと勘違いして、すぐさま土下座になった。

「か、勘弁してくれ兄イ……俺は新吉にそそのかされてやっただけだッ。なんせ奴はマムシの異名を取るくれえの奴だ。逆らったら、それこそ殺されてたんだよ……」

「らしいな」

「そうだよ。だから俺がやったわけじゃねえんだ、本当だ、信じてくれよ」

「信じるかどうかは、おめえ次第だ」

と菊五郎は、紅蔵の腕をがっちりとねじ上げて、外へ連れ出そうとした。蕎麦屋の親父《おやじ》がお代をと声をかけそびれるほど、緊張した顔だった。菊五郎はそれを察して、

「親父。釣りはいらねえよ」

一朱も置いて、店から外へ出るとそのまま裏路地へ引き込んだ。

「正直に言いな。金は何処に隠した」

「し、知らねえよ」

「俺の考えはこうだ。新吉とおまえ、そして殺された鬼八の三人で、賭場から金を盗んだ。その金の隠し場所は、新吉しか知らない。だから、おまえと鬼八は、新吉を新島から島抜けさせた。違うか？」

菊五郎は紅蔵の手首を捻《ひね》りあげた。ギリギリと骨が擦れるような音がする。

「いてて、痛えよ……放してくれ……」

「どうなんだ？」

「そ、その通りだッ」

「そうかい。ちゃんと聞かせて貰おうか。返答のしようによっちゃ、元締めは黙っちゃいねえぜ。正直に話せば、お縄にしねえどころか、これからも、おまえの庇護《ひご》をしてやろうじゃねえか」

「分かった……分かったから……！」

菊五郎が腕を緩めると、紅蔵はほっと吐息をついて、ねじられた手首を撫でながら話し始めた。それが正直なことかどうか、裏を取らなければ信じることはできない。だが、少なくとも、新吉が島抜けをした経緯は信憑性《しんぴょうせい》があった。当事者しか知らないことと、町方で調べて、まだ表沙汰《おもてざた》にしていないことが一致したからである。例えば、

――新吉には新しい刺青《いれずみ》がある。

ということである。新島で新しい女ができて、一生、そこで暮らすという決意を固めるために、同じ島に流された彫師《ほりし》に観音像を彫らせたのを、菊五郎は島送りの役人から聞いていた。

「賭場から盗んだ金は、当面の入用に十両ずつほど分けて、残りの二百数十両は、新吉に任せた。奴は俺たちの兄貴分だったたし、腕っ節も強かったからな」

「持ち逃げするとは思わなかったのか」

「そりゃ思ったが、そんなこと言ったら、こっちが半殺しにされる……だが、思いもよらず、新吉があんな事件を起こして、お上に捕らえられて島送りになった。こちとら、お陰で、盗み損でぇ」

「盗み損、て言い草はねえだろ。漁師を巻き込んで、島抜けの手引きをした後、どうやって江戸に戻った」

島役人が、新吉の不在に気づいたのは、島から脱出して十日も経《た》ってからのことである。すぐに手配りされたが、行方《ゆくえ》は杳《よう》として知れない。だからこそ、同心の久保田たちも躍起になって探しているのである。

「島抜けさせてまで、金が欲しかったのか？」

「ハア、そりゃ逆だぜ」

「どういうことだ」

　菊五郎が訝《いぶか》って振り向くのへ、紅蔵は吐き出すように言った。

「呼び出されたのは俺たちの方だよ。どんな手を使ってでも助けに来いとな。そしたら、金の在処を教える。そう、島帰りの男に文を託してきたんだ」

「新吉の方が命じた……？」

「そうよ」

「いつのことだ」

「いつって……忘れたよ。もう随分前のこった。助け出すのは半年がかりだった」

「どうして島抜けなんかを」

「里心がついたんだろ？」

「江戸に来てから、何処へ行った」

「だから、こっちが知りてえくらいだって言ってンだろうが。俺と鬼八に、手伝うだけ手伝わせておいて、ドロンだからよ」

　紅蔵は一瞬だけ凶悪な顔になって、「大人しく言いなりになってたが、見つけたら、締め上げてやる」

「恐くてできねえんじゃねえのか」

「なに、俺だってバカじゃねえや。女房子供を盾に取りゃ、泣いて喋るだろうよ。あのマムシ男の弁慶《べんけい》の泣き所だ、ハハ」

「女房子供……がいるのか？」

菊五郎の脳裡《のうり》に、お松とお春の母娘のことがよぎった。

「もしかして……」

言いかけて、菊五郎は口をつぐんだ。もし、二人が新吉の女房子供なら、紅蔵は暢《のん》気《き》に蕎麦なんぞ食っておらず、とっとと二人の所へ現れて人質にしていたはずだ。

「おい、紅蔵。新吉の行く先は本当に心当たりがねえんだな」

「ねえ」

「島抜けした訳も知らねえってんだな」

「知らねえ」

その時、一方から、久保田がいつもの金魚の糞の伊蔵と走って来るのが見えた。少し時がズレたが、予定通りである。新吉の仲間が蕎麦屋にいると、さつきが報せに走っていたはずだ。

菊五郎は紅蔵の腕を摑むと、トンと通りの方へ押し出した。途端、

「あっ！　奴だ、旦那！」

と伊蔵が叫んで、紅蔵に飛びかかった。

「や、やろうッ。てめえ、やっぱり、町方の?!」

紅蔵は一重瞼《ひとえまぶた》の飛び出たような白目を剝いて振り返ったが、路地には菊五郎の姿がもうなかった。

「おい。紅蔵だな」

久保田がむんずと襟首を摑んで、十手を鳩尾《みぞおち》に突きつけた。鈍痛が広がって、苦々しい顔になる紅蔵に、

「鬼八殺しの疑いで調べる」

「ええ?!」

「ジタバタするねえッ。おまえがやったことは粗方《あらかた》、見当がついてる」

「待て、違う！　あれは、し……新吉がやったんだ！　俺じゃねえ、俺じゃねえ！」

紅蔵は暴れて逃げようとしたが、伊蔵に足払いをされて倒され、縄をかけられた。

「その新吉のことも、じっくり聞くよ」

「待ってくれよ。じゃ、なんだよ、さっきの男はよオ……」

「さっきの男？　誰のことだ。とっとと来やがれ」

久保田と伊蔵に連行される紅蔵を遠目に見ながら、菊五郎は不思議な思いにとらわれていた。

――島抜けの理由が分からなくなった。

からである。

その菊五郎の背後に、すうっと人影が立った。十兵衛である。

「聞いてただろ、旦那……お松への怨みが島抜けの訳なら、紅蔵たちに話してもよいはずだ……仲間に隠す事かねえ」

「うむ……」

「しかも、死罪覚悟で島抜けして、高々二百数十両の金を取り戻すかね」

「女房子供が、弁慶の泣き所とか言っていたな」

十兵衛が聞き直すと、菊五郎も、

――やはり……。

という顔になった。二人とも、お松、お春のことを思い浮かべていたのである。

七

その日の夜半過ぎのことだった。

臥待月も西に傾いて、薄雲が広がって星も見えなくなった頃、小石川養生所の一角に、黒い人影が潜んでいた。腰を屈《かが》めたまま、すうっと女病人長屋の方へ移っていく。

柿葺《こけらぶ》きの長屋といっても立派な普請であり、頑強な梁《はり》や柱でできており、棟割りとはいえ壁板も丈夫な板で作られていた。ゆえに、足音が漏れ聞こえにくかった。

女病人長屋は表門から近い位置にあったが、物置小屋が塀のような目隠しになっていて、門番からは直に見えない。南北に三十二間ほどの壁があり、人影はそれに沿うように近づいて行った。その手がそっと板戸にかかったときである。

「待ってたぜ」

と闇の中で声が起こった。

ギクリと振り返った男の目だけが獣のように光った。息を潜めているのへ、長屋の床下から、素早く出て来た十兵衛が手にしていた刀を帯に差しながら、

「隠れん坊は子供たちに鍛えられているんだよ……マムシの新吉だな」

「誰でえ」

闇の中にぼんやり浮かんだ男は、まさしく人相書どおり、頬のこけた馬面だった。絵ほど凶悪には見えないが、油断は禁物だった。十兵衛はぐいと腰にさした刀の鍔《つば》に親指をかけて、

「お松とお春には手を出させはしない。俺の大事な〝客人〟なのでな」

言った途端、シュッと隠し持っていた匕首《あいくち》が突き出された。光を反射させないためか刃が打ちっ放しの黒いままだ。素早く避けた瞬間、十兵衛は新吉の腕を掴んで、投げ飛ばそうとしたが、恐ろしいバカ力で振り払われた。同時、片方の丸太のような腕が十兵衛の横っ面に飛んで来てガツンと当たり、よろりと姿勢が崩れた。

「うわッ」

不覚をとった十兵衛は思わず鯉口《こいぐち》を切ったが、その刀の柄元《つかもと》を押さえて、新吉は体当たりをかましてきた。マムシというより、猪《いのしし》の剛腕である。踏ん張った力は並ならぬ力で、ガタイも凄い。六尺近くある十兵衛より一回りも大きかった。いかにも喧嘩慣れした組みつき方である。

「新吉、こんな事をしてどうするッ。今度こそ死罪だぞ」

「うるせえッ」

新吉は喉の奥底で掠《かす》れた声を出した。力の限りに頸椎《けいつい》あたりを締めつけてくる新吉の腕をするりと抜けると、十兵衛は体を相手に密着させて後ろに倒す打砕《うちくだ》きの要領で押しやった。

「新吉！　おまえには、お松とお春に指一本触れさせせぬ！」

「なんだ、てめえは。お松の新しい男なんだなッ。そうなのか！」

「悪いが、俺は善二のようには容易に殺《や》られぬぞ」

「うるせえッ」

カッと興奮すると自制できない性質《たち》のようだ。闇の中でも、体中が真っ赤に熱く紅潮しているのが分かる。十兵衛は殴りかかって来る新吉の顎を掌底《しょうてい》で突き上げ、そのまま小手投げと同時に足をかけて背中から倒した。

「うわあッ！」

地面の砂利で背中を打った新吉は思わず悲鳴を上げた。それでも激しく抵抗する新吉と十兵衛は揉み合った。

「鬼八を殺したのも、おまえかッ。島抜けをさせた上で殺すとは、どういう魂胆だ」

「てめえ……お上のもんか！」

「違う。だがな、おまえがこれ以上、お松さんを苦しめるなら、俺は……斬《き》るかもしれねえぜ。どうだ。お恐れながらとお上に出ろとも言わぬ。二度と二人に近づかないと言うなら、殺しはせぬッ」

十兵衛は馬乗りになって、新吉の首を十字絞めのように固めた。

「な、なんだ、てめえ……」

喘《あえ》いだその時、すぐ近くの女病人長屋の一室の表戸が開いて、お松が顔を出した。

十兵衛が振り返った時、お春も母親にしがみつくように立っていた。

「…………」

「お……おじちゃん……!?」

目の前の恐ろしい出来事に衝撃を受けたお春は、くらっと目を閉じると、そのまま仰向けに倒れそうになった。すぐさま、お松が支えたが、その腕の中で、まるで消え入るように気を失った。

「お春！　どうしたの、お春！」

お松の声は悲鳴に変わっていた。その声に新吉が起きあがって振り向くのと、お松が十兵衛の方を見るのが同時だった。

一瞬、見つめ合う新吉とお松の間に漂う気配に、十兵衛は戸惑いを感じた。闇の中であるにも拘《かか》わらず、凝縮した熱い鋳物か何かが弾《はじ》けたような気がした。

叫び声を聞いたのであろう。番卒《ばんそつ》が駆けて来る声と足音がする。次の瞬間、十兵衛には思いもよらぬ言葉が、お松の口をついて出た。

「逃げて！　あなた！」

十兵衛は目を見張らざるを得なかった。新吉はわずかな隙《すき》をついて、身を翻《ひるがえ》して逃げ出した。

「あっ、待てえ！」

咄嗟《とっさ》に十兵衛が追おうとした時、渡り廊下から、番卒とともに原医師が駆けて来た。

「何事だ。どうした……十兵衛!?」

「おう、ヤスか」

「ヤスかじゃない。こんな所で何を……」

言いかけたが、お松の腕で頽《くずお》れているお春のぐったりした姿を見て、原はすぐさま喉や手首を触診した。

「いかん。息が詰まっておる」

気管がしゅうしゅうと鳴って痙攣《けいれん》している。原は診察室まで、お春を抱えて走ると、麻酔薬の通仙散《つうせんさん》や処置道具を看護医や見習たちに持って来させて、手際よく手当てを始めた。

お松は泣きそうな顔で娘に張り付いていたが、呼吸困難は今に始まったことではなく、かつて何十回も経験していることだった。だが、今度のは意識がなくなるほどの重いものだ。それは、十兵衛と新吉が格闘している姿を見たがための衝撃が原因だという。

「お春ちゃん……ヤス、頼むぞ。もし、なんかあったら俺は……」

神仏はあまり信じない十兵衛だが、ひたすら何かに縋り、祈りたい気持ちで、お春を見つめていた。

八

危険は去ったが、お春の意識はまだはっきり戻っていなかった。だが、うわごとで、

「き、金魚……餌、あげなきゃ……」

と呟いていた。懸命に生きようとする姿がそこにはあった。

「分かった。おじちゃんが面倒を見ておくからね」

そう耳元に囁《ささや》いたが、お春には届いていないようだった。ただ熱病にうなされるように、苦悶《くもん》していた。

片時も娘の側を離れないお松に、十兵衛は申し訳ないと頭を下げてから、

「随分と考えてみたが、ようやく分かった気がしたよ」

とぽつり言った。お松は何の話だと、首を傾げるだけだったが、十兵衛は続けた。

「新吉に向かって『逃げて』と叫んだのは、あれはどういう意味だったのかとね」

「申し訳ありません……なぜか分からないのです、私にも」

「お春ちゃん、俺に玩具絵を見せてくれたり、歌を聞かせてくれた。三つの頃、おとっつぁんが湯の中で歌ってくれたってね」

「え……？」

「春よ来い、頭に蝶々が……とかいって、目や鼻のことが続いて、田植え歌のような。これって、ひょっとして新吉が歌ってやってたんじゃないのかってね」

お松は、すべてを見透かしたような十兵衛の真っすぐな瞳《ひとみ》に、思わず目を逸らした。

「言っただろう？　すべてを正直に話してくれないと、反物の染み抜きはできないと」

しばらく俯いていたが、お松は自分に納得させるように頷くと、申し訳ありませんでしたと呟いて、深い溜息《ためいき》をついた。

「やはり……お春ちゃんは、新吉の？」

「はい。父親です」

お春が親の反対を押し切って駆け落ちしていた相手は、善二ではなく新吉だったのだ。

「……では、殺された善二さんは育ての親」

小さく頷いたお松は、お春の寝床から離れて隣室に行った。十兵衛も移りながら、

「お春ちゃんはそのことを……？」

「新吉さんのことも、善二さんのことも……お春はほとんど覚えていません。だから、新吉さんのことは何も話していません……近頃になって、なぜかあの歌を思い出して……おとっつぁんが歌ってたと言うんです。ある日、宝湯に連れて行った日から」

「宝湯……」

半次の湯屋だ。もちろん、新吉が来ているはずがない。似たような情景に、お春の心の奥が刺激されたのかもしれぬ。

「お春はごっちゃになってるんです。玩具絵はたしかに善二さんがよく作ってくれていました。植木職人で器用でしたから。でも歌は……新吉さんです。目や鼻や耳、口……それを教えるための遊び歌で」

「なるほど……」

「新吉さんは……本当は心優しい人なんです。あの時だって、新吉さんは悪くないんです」

「あの時？」

雑司《ぞうし》ヶ谷《や》で植木屋を営んでいた善二、お松夫婦の前に新吉が現れたのは、五年前の夏のことだった。近在には寺や商家の寮が多いので、庭の剪定《せんてい》仕事は多く、善二は可愛い盛りのお春を励みに忙しく働いていたという。

新吉が二人の前に現れたのは、二つの時に別れた娘の顔を見たいがためだけだった。だが、善二はそんな中途半端な関わりがいやで、新吉を追い返そうとした。

『帰ってくれ……お松とお春は、俺の女房と娘だ。あんたが来る所じゃない』

玄関の中からは、よちよち歩きのお春を抱いたお松が泣きながら、成り行きをじっと見ていた。新吉も来てはいけないと思いつつ、淋しさに堪えられず、つい来たという。

『聞こえないのか、エッ!?　帰れってんだ！』

相手はならず者の強面《こわもて》の新吉だが、善二も職人ながら、町で一番の相撲力士になるほどの力自慢だったから、それが災いした。

『あんた……まだ分からないのかッ。おまえなんんか、世の中にいることが目障りなんだよ。俺たち夫婦にとっちゃ迷惑なんだ。娘に一目会いたいだと？　ふざけるな！　お春は俺の子だ！　帰れ帰れ！　二度と来るな！』

と突き飛ばした。新吉は吹っ飛ばされたが、それでも堪えていた。

『おまえみたいな、やくざ者！　これ以上、言いがかりをつけると、お上に訴え出るぞ。やくざ者が女房子供を脅しに来てるとな』

言うなり、もう一度突き飛ばした。が、新吉はぐっと踏ん張ったので、『このやろう！』と善二は殴りかかった。その次の瞬間、新吉はとっさに避けたが、体の均衡を崩した善二は勢いあまって倒れた。不運なことに、その先の土壁に、剪定用の鉈《なた》が立てかけられてあって、ガツンと頭を強打した。

すぐに、町医者を呼んで手当てをしたが、それが原因で三日後に亡くなった。

「亡くなった晩……新吉さんは私に会いに来て、お恐れながらと奉行所に出ると言いました。新吉さんは……」

お松はその時の新吉の情けない顔を忘れられないという。いつもは無口な新吉だが、一言一言、腹の底から押し出すように喋った。

『俺さえ会いに来なきゃ、あんな事にはならなかった……すまん、お松』

『違う。違う……』

とお松は必死に首を振って、『私が間違ってた……あんたについて行くのが恐くて……善二さんの親切に甘えたのが……善二さんと一緒になったのが……』

『自分を責めるな。恐いのが当たり前だ……カッとなりゃ、てめえでも抑えがきかねえ。俺みたいな奴が、親父なんかになっちゃならねえんだ』

『あんた……』

『お春は、善二さんの娘だ』

と新吉は、お松の腕をしっかり摑んで念を押した。

『いいな。この先、一生、それで通してくれ。俺の子だなんてことは、絶対に誰にも言っちゃダメだ……こんなやくざな男のよ……』

新吉はそのまま、お春の顔も見ずに、奉行所に名乗り出た。見れば後ろ髪を引かれるに違いない。奉行所に対して新吉は、

——お松を奪われた腹いせに善二を殺した。

と自白したが、お松の嘆願や現場の状況、見ていた者などの証言から、罪一等が減じられたのである。

「そうだったのか……」

十兵衛はお松の話に深く頷いた。

「そこまで決意していた男が、なぜ島抜けまでして舞い戻ったか……どうやら、おまえたち母娘に怨みを持っているというのは、嘘のようだな。島でそう言っていたのは、ひょっとしたら、あくまでも他人を装うためだったのかもしれんな」

「………」

「お春ちゃんの病はいつ頃から？」

「島送りになってから、一年ほどしてからです……また再婚を勧めてくれる人もいましたが、私は母娘だけで生きていくと決めていましたから」

「いずれにせよ……」

と十兵衛は唸《うな》って、「あんたら母娘を殺しに来たのではないとすると、洗い直しも考えなきゃならないな」

「十兵衛さん……」

「案ずるな。悪いようにはしないよ、乗りかかった船だ。俺に任せておけ」

と十兵衛は胸を叩いて、「その金魚、俺が預かっておくよ。お春が元気になるまで、俺が育てる。いいね」

九

「なんですって、お春ちゃんが……!?」

　驚くさつきに十兵衛は頷いた。菊五郎はさほど動揺していない。仲間の紅蔵から、女房子供を盾にして脅す、という話を聞いたときから、その予感はあったからだ。

「実の親子だったからこそ、お春ちゃんの不治の病のことを聞いて、新吉は後先考えず、島抜けをしたのだ」

「待てよ、十兵衛の旦那……」

　と半次が口を開いた。いつもの宝湯の二階である。番台は雇い人に任せて、母娘をどうするかの話に加わっていた。

「それじゃ、鬼八殺しはどうなるんです。マムシがいきなり優しい父親だなんて、信じられねえな、俺は」

「なにか知っている口ぶりだな」

　十兵衛が尋ねると、半次は首を横に振って、

「知らないよ。でもね、奴がどんな男だったかってことは色々聞いたことがある。内

藤新宿の念仏の平蔵一家の暴れ者だからじゃない。あいつのせいで泣かされた人はゴマンといるんだ……俺は一度だけ、奴から迫られた借金地獄に苦しむ女を洗ったことがある」

「おめえ、どうしてそのことを……」

隠していたのだと菊五郎は言いかけたが、半次は遮った。

「おまえさんたちと組む前の話だ。とにかく奴は凶暴だ。訳はともかく人を殺《あや》めた上に、島抜けをしたのは事実だろ。そいつさえ捕まれば、あの母娘は安泰じゃねえのか」

「安泰じゃないわ」

と、さつきがくらいついた。

「貧しい上に病に罹ってるのよ」

「そんな人間に一々関わってたら、際限《きり》がない」

「半次、おまえらしくない事を言うじゃないか。いつも冷静な菊五郎なら分かるがな」

十兵衛はそう言いつつ、話を断ち切るようにポンと膝を打って、「鬼八殺しが、新吉のせいかどうか、俺には分からぬ。だがな……島を抜け出した新吉の気持ちだけはハッキリ分かる気がする」

「どうしたの？　旦那にも離ればなれになってるお子様でもいるの？」

からかうように、さつきが聞くと、十兵衛はあっさり否定したが、まるで新吉の心の裡《うち》を知っているかのように続けた。

「お春の助かる道は只《ただ》ひとつ。長崎でしかできない蘭方治療を受けるしかないんだ。しかも、その際に血が多量に出るかもしれぬ。だから、それを補う血と……高い技の手術を受けるための金が要る。ヤスの話によると、その手術が成功しても、しばらくは大気の綺麗な所に行かねばならぬ」

東洋医学では、『病気は何事も皆、気の滞留により起こる』と考えられていた。これは間違いではない。しかし、蘭方医学では解体新書でも論じられたように、臓器個々の悪い所を治療することも大切であった。

お春は肺臓と気管が悪かった。解剖手術をすることは難しいが、その前に、天気器といって、いわゆるエレキテルによる治療が行われる。電気の力が、神経閉塞《へいそく》、麻痺《まひ》、眼盲など様々な病に効果があると、文化年間に幕府編纂《へんさん》による蘭方医学の翻訳書『厚生新編』にも記されている。電気が病を治すことは蘭方では一般的であった。

もちろん、肺病にとっては大気も大切である。大気とは空気のことである。空気という言葉は明国《みん》の書物にあるが、当時、日本では大気と言うのが普通で、宇田川榕庵《うだがわようあん》という医師が訳した『舎密開宗《せいみかいそう》』の中で、大気の成分について詳細に触れており、酸素や窒素の割合や体に与える塩梅を書いている。そして、長崎の医療機器も、聴胸器、注射器、カテーテルをはじめ、今に通じる様々な手術道具や麻酔薬が整っていた。

そんな中で、お春に手術を受けさせて全快させるためには、

——金と血。

が必要だった。その両方を、新吉は持っていたのである。金は盗んだ二百数十両。そして、親子の絆《きずな》の血である。

「じゃあ、新吉は自分の血を……父親だということは誰にも言わずに！　逆恨みで、誰かに殺される危険を冒してまで！」

さつきが叫ぶように言うと、半次はやはりいつになく苛立《いらだ》っていた。

「生半可な情けはどうかね。新吉は島抜けで、鬼八殺しの咎人かもしれねえ。お松とお春を怨んでることも、まだ払拭《ふっしょく》できたわけじゃねえしよ。大体が、盗んだ金で娘の命を助けたいって魂胆が許せねえ」

「ふむ。人間てなあ、一度、張られた札を容易に剥《は》がすことができねえンだな」

菊五郎は吐息混じりに、

「どうせ、賭場で稼いだ汚い金だ。俺は、新吉のことはともかく、お松とお春は救いてえ。半次……それがたとえ、つまらねえ情けに過ぎなくてもな」

さつきはそっと一両小判を四枚出して、それぞれの膝先に置いた。

「十兵衛の旦那。あの反物……古着屋でもせいぜい、こんなものでしたよ」

「ま、いいじゃねえか。これが、あの母娘の最後の命綱なんだ」

小判をすっと摑んで懐に入れると、十兵衛は立ち上がった。菊五郎はしばらく銚子に残った酒を始末してから、ゆっくり立ち上がった。

小石川養生所の近くの茶店で、身を潜めるように表門の様子を見ていた新吉を、十兵衛が見つけたのは、その翌日の昼下がりだった。人相書が出ているから駕籠《かご》舁きの格好で頰被《ほおかぶ》りをしていたが、明らかに挙動がおかしい。町方が気づかないのが不思議なくらいだった。

「ついて来い。俺が養生所へ案内《あない》してやる」

「だ、誰で、てめえ」

と言った目が十兵衛を凝視した。ゆうべの張り込んでいた男だと分かったのだ。

「そう目くじら立てるな。おまえの味方だよ。いや、お松とお春の味方だ」

「…………」

「一刻の猶予もならないらしいぞ。お春の手術を、小石川養生所の原保史先生が行ってくれるそうだ」

「………」

「高い治療器や医療器具なんざ、ここにはないからな。日本橋にあるオランダ屋敷に来ている医師から借りて来たらしい、高い金を出してな。むろん、おまえのその懐の金をあてにしてのことだ」

新吉は思わず胸を押さえつけて、睨《ね》めるように十兵衛を見た。

「疑り深い奴だな。おまえの血がきちんと合うかどうか調べなきゃならない。親子だからって何でも使えるもんじゃない。それなら、母親でもよいはずだからな。だが、お松とお春の血は混ぜると固まるそうだ。どうする。まだ、ここに座ってるのか」

十兵衛が表門へ歩き始めると、思わず新吉も追いかけた。

門番は顔なじみの十兵衛に挨拶をすると、すんなり中へ通してくれた。周りに気を配りながら、入ろうとした時、横合いの竹塀の陰から、久保田と伊蔵が駆けつけて来た。

「構わぬから行け。中で原医師が待っている。早くしろッ」

と背中を押しやってから、猛然と向かって来る久保田と伊蔵の前に立った。

「どけ！　貴様！」

久保田は十兵衛の肩に触れて中に入ろうとした。

「待ってくれ、八丁堀《はっちょうぼり》の旦那」

「どけい！」

「いや、退かないよ」

十兵衛は両手を広げて立ちふさがった。

「新吉はね、旦那。己の血を娘の手術の役に立てたい、その一心だけで島を抜け出したンだ。その気持ち、汲んでやって下さいよ」

「甘いな。何かあってからでは遅いのだ」

久保田は険しい目になって、あくまでも追いかけて、すぐに捕縛するつもりだった。

十兵衛は必死に止めようと強く押し返した。

「待てと言ってるだろ」

「貴様ッ！　前々から気に入らなかったが、今日こそはどうでも始末をつけてやる」

と久保田はサッといきなり刀を抜き払った。岡っ引の伊蔵も袖を捲《まく》り上げて十手を突きつけた。気合とともに打ち込んで来る久保田の切っ先をするりとかわすと、十兵衛の刀が一閃《いっせん》、音もなく鞘《さや》から放れた。次の瞬間、久保田と伊蔵の帯がハラリと落ちた。

裾《すそ》がだらりと地面に垂れて、二人とも情けない姿になった。十兵衛は刀を鞘に戻すと、久保田の前にズイと立ち、

「旦那。刀を抜くってのは、抜くなりの覚悟がいるのだ。脅しすかしのために刃を見せるなんてのは、やくざ者のすることだ。八丁堀の旦那がすることじゃない」

「………」

「いいかッ。よく聞け」

と十兵衛は珍しく眦《まなじり》を険しくして、「新吉は鬼八殺しはしておるまい。よく調べてみるがいい。どうせ町の地回りと喧嘩したか、あんたが捕まえた紅蔵と揉めたんだろうよ。善二だって殺したのではない。弾みと不運が重なったのだ……新吉はマムシでも、人殺しでもない。ただの娘思いの父親だ……それだけは忘れるな」

十兵衛が阻止した甲斐《かい》があって、手術は無事に終わった。新吉の血が、お春のものと凝固しなかったために役に立ったのだ。

だが、まだまだ楽観はできない。いわば応急の処置に過ぎない。いずれ、長崎に行って、きちんとした手術をし、気持ちの落ち着ける所で暮らすのがよいと、原医師は

言った。

新吉は、まだ眠りから覚めないお春の姿を、じっと見つめていた。

何か言いたいのを飲み込んで、ただ、じっと食い入るように眺めている。お松も一言も語らず、一緒に側にいた。

気配を察したのか、お春はふっと目を開けた。黒くて美しい瞳だった。新吉はその目と一瞬、合ったが、仰《の》け反《ぞ》るように一歩下がった。お春も、あれっという顔になったが、もちろん、新吉の姿に覚えはない。

新吉は逃げるようにその場から立ち去ると、代わりに十兵衛が顔を出した。

「お春ちゃん。よかったな……ほら、金魚も元気だぞ」

「あっ」

起きあがって見ようとするが、まだ無理なので、金魚鉢の方を近づけた。

「ほらね。お春ちゃんが眠ってる間、おじちゃんが餌やってたんだ。お春ちゃんが頑張ったから、金魚も元気だ、な」

「うん！　ありがとう、おじちゃん」

十兵衛はお春と話しながら、さりげなくお松を新吉の方へ行かせようとした。二人とも無言で距離を取ったまま、中庭でしばらく立っていた。

「おじちゃん、夢を見てたよ」

「え？　どんな？　恐い夢かい？」

「ううん。綺麗なお花畑があってね、その中にお風呂があるの。五右衛門《ごえもん》風呂がね」

「風呂……それで？」

「そこでね、おじちゃんが一緒にいてね、私に歌を歌ってくれてるんだ。春よ来い。春よ来い。かわいい蝶々が頭にとまる。おめめきょろきょろ、鼻つんつん、お耳ぴらぴら、口ぱくぱく……」

小さな声で語るように歌うお春を、新吉は思わず振り返った。動悸《どうき》が胸から弾き出そうになって、哀切の響きが全身を刻むように広がった。

「……眉逆上がり、りんごほっぺ、りんごほっぺ、いい気持ち……ってね」

じっと吸い寄せられるように、お春の姿を遠目に見つめている新吉の側に、お松が近づいた。そして、しみじみと見つめると、

「お春はね、あんた……あの歌を、おとっつぁんが歌ってたのを覚えてるのよ」

「…………」

「私たちと一緒に暮らしませんか。このまま、また島に……いえ、お上に捕まると死罪……あんまりです。その気になれば、私、知ってるんです……洗い屋という人を」

新吉はその存在を知ってか知らずか、軽く頭を下げると、幸せになれよ、と一言だけ呟いて、お松から離れた。そして、表門の所で待っている同心の久保田の方へ、ゆっくり歩み出した。

その新吉に十兵衛は近づいて、小声でささやきかけた。

「なあ、新吉……本当に素直にお縄になるのか？」

「はい」

「俺は、おまえをこのまま逃がしてやりたい。そして、お春に名乗ったらどうだい……そして、親子三人水入らずで……」

「いえ……いいんです……これで、いいんです、俺は……」

つうっと流れ出る涙を、新吉は拳《こぶし》でぬぐった。

「いいんです。これで……」

待ちかまえている久保田と伊蔵は、夕陽《ゆうひ》を浴びて、真っ赤に燃えているようだった。

「お世話かけました」

深々と頭を下げて両手を突き出す新吉を、久保田は邪険に縛り付けた。その光景を、やりきれない思いで見やっている十兵衛の前に、菊五郎が近づいて来て、ぽつりと語りかけた。

「そんな顔しなさんなよ、十兵衛の旦那らしくねえ」

「え、ああ……」

「運命《さだめ》を素直に受け入れるのが、本当の人生なんだ。俺たちがやってることなんざ、所詮は後ろ向きってことだ」

「そうか？　俺はそうは思わないがな」

十兵衛と菊五郎はいつまでも、夕陽に照り輝く新吉の後ろ姿を見送っていた。

第二話　恋しのぶ

一

　編笠《あみがさ》を被《かぶ》った月丸十兵衛が、降り出した俄雨《にわかあめ》を避けるために、旅籠《はたご》の軒下に飛び込んだ。暖簾《のれん》から顔を出した呼び込みが、

「茶でも一杯いかがです？」

と声をかけてくれた。品川宿のこういう旅人への気さくさが、十兵衛は好きだった。しばらく、雨はやみそうにない。腰の刀を鞘《さや》ごと抜いて、茶とは言わず酒にしようと玄関に入ろうとしたとき、慌ただしい足音とともに、鞘袋に包んだ刀をしっかり抱えた、手甲脚絆《てっこうきゃはん》の旅姿の若者が走って来た。

　それを追って浪人が二人、既に抜刀している刀を手に駆け寄った。浪人の一人は、

生やし放題の無精髭《ぶしょうひげ》で、六尺を超える大柄だ。そのせいか、追われている若侍が華奢《きゃしゃ》に見えた。

雨で地面がぬかるんでいるため、若者は足を滑らせて、小さな稲荷《いなり》の鳥居に凭《もた》れるように倒れた。それを浪人たちが取り囲むと、若侍は険しい目で睨《にら》み上げ、

「何者だ！　私は小田原藩御用達の刀鍛冶《かたなかじ》、一文字龍拓《いちもんじりゅうたく》。命を狙《ねら》われる覚えはない！」

「問答無用、その刀を寄こせッ」

浪人は刀を突きつけてジリッと詰め寄って威嚇《いかく》したが、若侍は脇差《わきざし》を抜こうともせず、刀袋をしっかりと握っていた。

「しょうがないな。悪く思うなよ」

と抜き身を浪人たちが振り下ろす寸前、

「待て、待て！」

十兵衛が雨の中に飛び出していた。

「さっきから見ておったが、逆らいもせぬ者を何故に斬《き》る」

「関《かか》わりない者は口出しするな」

「口出しはせぬが……」

と言うや抜刀して、「刀は出すぞ。どう見たって、おまえたちの方が目つきが悪い。怪我《けが》しないうちに、とっとと失せろ」

「貴様ッ。ふざけるな！」

目を剝《む》いて斬りかかって来る浪人二人の刀を、八の字に払ったかと思うと、一瞬にして刀が弾《はじ》け飛んだ。刀は宙を舞って、既に水たまりになっている路面にピシャッと落ちた。浪人二人はぎょっとなって、刀を捨てたまま逃げ出した。

「ふん。あんな腕で、一文字龍拓の刀を欲しがるとは、余程の腑抜《ふぬ》けだな」

十兵衛が鞘に刀を収めると、龍拓は深々と礼の言葉をかけ、旅籠の軒下に戻りながら、

「あの……私の名をご存じなので？」

「希代の妖刀《ようとう》を打つ刀鍛冶だ。剣を嗜《たしな》むものなら、誰《だれ》でも知っているだろう。先頃《さきごろ》も、どこだったか、何人もの人を斬ったとか」

朗々と十兵衛は言ったが、龍拓の方は忸怩《じくじ》たる思いがあるのか、俯《うつむ》いたままだった。

「妖刀と言われるのは、心外なのですが……」

「いや、すまぬ。そういう評判だからな、つい……」

と十兵衛はずぶ濡《ぬ》れになった着物の袖《そで》を絞りながら、先程の女中に誘われて、旅籠

の中に入った。龍拓は通り雨が過ぎるとすぐ発《た》つという。芝増上寺《しばぞうじょうじ》裏門前海手にある小田原藩上屋敷まで、殿献上の刀を今日中に届けねばならないらしい。

「まだ着物を乾かすくらいの時はある。酒でも飲んで温まろうではないか」

「あ、はい……」

休憩部屋に案内された十兵衛は、不自然に間合いを取る龍拓に訝《いぶか》りながらも、

「本当に命を狙われる覚えはないのか？」

と尋ねると、龍拓は首を振って、

「ありません。ただ私は……これを殿に届けようとしているだけです」

「さっきの奴《やつ》らは、刀が狙いだったようだが」

「なぜ、この刀を奪いたいのか……私にも分かりません」

途方に暮れたように、龍拓はふっと悲しみを噛《か》みしめた顔になった。たしかに日焼けしたような肌だが、刀鍛冶らしからぬその表情は、かなりの美男子で、男色にはとんと趣を感じない十兵衛でも、ぞくっとなるほどだった。

「私は四代目で、父は二月前に亡くなったばかりなのです……自害でした」

「…………」

「あなたが言ったように、自分の刀で何人もの人が斬り殺されました。そのことを苦

にしてのことです」

十兵衛は着物をはだけて、晒《さら》しに褌《ふんどし》一丁になったが、龍拓は着物を脱ごうともせず、鞘袋の銘刀を赤子のように抱いていた。

「四代目として初めての献上刀なのです」

襲名後、すぐに刀を打ち、殿に差し上げるのが藩主大久保《おおくぼ》家の御家繁栄のための慣わしになっているという。

「そうだったのか。よし分かった。上屋敷まで用心棒を務めてやろう。さっきの連中がまたぞろ襲ってくるやもしれんからな」

「でも……」

「気にするな。妖刀、いや銘刀を守れるのだから、こっちこそ誉れ高いことだ。俺は月丸十兵衛。江戸の谷中富士見坂で、洗い張りをしている、痩《や》せ浪人だ」

「谷中……どちらかへ旅でも？」

「え、ああ。ちょいと野暮用でな」

実は一人若い男を〝洗って〟来た帰りなのだが、もちろん話せるわけがない。

「どうだ、近づきの印に一献」

「いえ、私は……」

「酒絶ちでもしているのか?」

「飲めないのです」

「なんだ。刀鍛冶の名工なのに、女みたいになよなよした人だな。あ、すまん」

「気にしないで下さい。よく言われることですから」

微笑《ほほえ》んで頷《うなず》いた龍拓の頬《ほお》に、小さなえくぼが浮かんだ。その童顔が、どうにも妖刀一文字龍拓と重ならない。十兵衛も微笑み返して、女中に酒を頼んでから、

「その献上の刀、殿様に見せる前に、俺に見せてくれるわけには参らぬよな」

「ご勘弁下さい。命の恩人でもそれだけは……」

「いや、いいんだ、いいんだ。聞いてみただけだ。でも不思議なもんだ。鞘袋に収まっていても、なんかこう妖《あや》しい光を発しているような気配がする」

「やめて下さい。断じて妖刀などではありません」

「いや、また言ってしまった。すまん……酒を飲めぬなら、どうだ、湯にでも入って来たら。なんなら、背中でも流そうか」

「いえ結構。本当に雨宿りだけですから」

十兵衛もその銘刀を狙っていると思われていると感じた。じっと握り締めているからだ。

——ま、それも当然か。

十兵衛はざぶんと軽く湯を浴びてサッパリすると、部屋に戻ってごろり横になり、運ばれて来た酒を飲んだ。軒の向こうは、まだ篠突《しの》く雨が続いている。こういう日は、客が洗濯物をどっさりと持って来ているはずだ。にもかかわらず、『本日休み』の札を出している。近所のかみさん連中も怒っているだろうなと顔を思い浮かべた。

ほんの数日、留守にしただけなのに、谷中が恋しくなる。十兵衛は人を〝洗う〟仕事をしているだけによけい、好きな町にずっと住める喜びを、ひしひしと感じていた。

ふと振り向くと、龍拓も雨足が激しくなるのを茫然《ぼうぜん》と見ていた。刀のことを案じているのではなく、

——誰か恋しい人のことを思っている。

顔つきだった。

二

夕暮れ近くになって、雨が上がった。

品川宿から増上寺裏門前海手は、歩いて四半刻《しはんとき》（三十分）である。また襲われては

いけないので、人気《ひとけ》のない道は避け、大通りを歩いていたが、それもまた無駄骨だった。

昼間の浪人たちが、仲間を引き連れて仕返しに来たのである。ただならぬ数だった。往来の町人に迷惑をかけることなど、端《はな》から考えていないようだった。有象無象《うぞうむぞう》の輩《やから》がざっと二十人はいる。十兵衛は一瞥《いちべつ》して、

——どいつもこいつも、大した腕ではない。

と見抜いたが、数が数だけに油断はならない。十兵衛一人なら斬り抜けて逃げることができようが、なよなよした刀鍛冶を連れていては、必ず隙《すき》ができる。まるでやくざの出入りのような様相で、ずらりと十兵衛と龍拓は取り囲まれた。

だが、相手も十兵衛の腕前を知っているのか、すぐには襲いかかって来ない。三、四人が一斉《いっせい》に斬り込んで来たが、鞘走った十兵衛の剣が相手の手首や肘《ひじ》を一瞬にして、引き切った。

「うぎゃあッ！」

刀に筋を弾かれると力が入らなくなると同時、激痛が走る。悲鳴を上げて逃げ出すが、他の仲間がパッと目潰《めつぶ》しに、辛子《からし》の粉の混じった小麦粉を投げて来た。ふいをつかれた十兵衛は左手をかざしながら、踏み込んで来る相手の足を剣先で払い倒したが、

次々と石や薪《まき》も飛んで来た。

十兵衛はさすがに怒りが湧《わ》いて、

「貴様らッ、本当にぶった斬るぞ！」

と飛来した薪を、まるで鉈《なた》で割ったようにスッと断ち切った。浪人やならず者たちは、怖気《おじけ》づいて後ずさりしたが、

「キャッ」

と女の悲鳴が上がった。振り返ると、龍拓の腕から鞘袋の銘刀が無精髭の浪人に奪い取られ、その浪人は一目散に逃げ出していた。ほんの少し、十兵衛が龍拓から離れた隙の出来事だった。

「待て！　貴様ら、許さぬぞ！」

十兵衛が追いかけようとすると、ズラリと刃を向けたならず者たちが、壁のように立ちはだかった。

「どけッ！」

と十兵衛は、長脇差を突いて来た一人のならず者の帯を斬り落とした。へなへなと腰砕けになる相手に、

「殺したくはない、どけ！」

無精髭の浪人はすでに遠くに駆け去り、路地に飛び込んだ。さらに別の浪人が追いすがる龍拓を斬り払おうとしたので、十兵衛は素早く小柄《こづか》を投げた。浪人の腕を掠《かす》めて、一瞬だけ動きが止まった隙に、龍拓をサッと腕で庇《かば》った十兵衛は、

――あっ。

となった。胸に微《かす》かな弾力があったのだ。

既に、無精髭の浪人は姿を消している。それを確認すると、仲間のならず者たちは蜘蛛《くも》の子が散るように一斉に逃げた。

「待て、こらッ！」

奇襲者たちはいなくなり、往来の人々の好奇な目だけが残った。

龍拓はへなへなと腰を落として、半べそをかいていた。絶望の淵《ふち》に落とされて、その顔はどんより曇っている。十兵衛はその側《そば》に歩み寄って、深々と頭を下げると、

「すまぬ……こっちが護衛を申し出たのに、とんだ体たらくだ。どんな手を尽くしても、必ず取り返すから……」

泣き崩れた龍拓が乱れた襟元を正すのへ、

「おまえ……女だったのか？」

と十兵衛は手を差し伸べて、近くの茶店の縁台に腰掛けさせた。また汚れた龍拓の

着物を手慣れた仕草《しぐさ》で拭《ぬぐ》ってやりながら、

「ほんとうに申し訳ない」

「いいえ。あなたのせいではありません……」

そうすすり泣く仕草は、もう女の所作《しょさ》だった。十兵衛は着物の汚れを落としていたが、柔らかい感触にハッと手を放して、頭をごしごし掻《か》いた。どうも女となると、苦手だった。それは、洗い屋仲間が言うように、むっつり助平の裏返しかもしれない。

「それにしても、あそこまでやるとは、執念深い奴らだな……奴らに狙われるから、若武者の格好をしていたのか？」

顔を覗《のぞ》き込むと、涙を拭った龍拓は毅然《きぜん》とした目になって、

「格好だけではありません。私は身も心も、男なのです」

「男と言ったってなあ……触ってしまったものなあ……」

とまた頭を掻いた。

「一文字龍拓は、そもそもは鎌倉《かまくら》の昔より伝わる由緒ある刀鍛冶の流れを汲《く》んでいます。でも、刀鍛冶は神聖な仕事。女は鍛冶場に入ることさえ許されません」

刀鍛冶は炎との闘いといってもよい。真っ赤に燃える炭火の灼熱《しゃくねつ》によって、顔が火膨《ひぶく》れになるほどの熱気の中で、黙々と鉄を叩《たた》き、練り、また打ち伸ばし、研ぎ澄ま

された感覚だけを頼りに造るのである。

粘りがあって、尚《なお》かつ堅いものが、切れ味の鋭さになる。焼き入れと、焼き戻しの微妙な手さばきと、鉄質に熟知した勘がないと、刀は生まれない。まさに、誕生の息吹がある鋼《はがね》しか銘刀にはならないのである。肝心の大本《おおもと》がしっかりできていないと、幾ら腕のよい研ぎ師が匠《たくみ》の技をみせようとも、立派な刀にはならないのだ。

「女は鍛冶場に入れません。それゆえ父は一人娘の私を男として育てたのです」

「なるほど、女の身でな」

十兵衛がそれで妖しいのかと、また言いそうになったので口を閉ざした。それを察したかのように、

「そうです。でも、妖刀ではありません」

と龍拓は睨むように見た。

「分かった。そんな目で見るな。でも、どうして、そう呼ばれるようになったのだ」

「…………」

「さっきの連中も、ただ銘刀を盗んで金に換えようという輩でもなさそうだ。何か訳があるのではないか？　お節介かもしれないが、俺はああいう奴らが許せぬだけなのだ」

十兵衛の真摯《しんし》な姿に嘘《うそ》はない。そう感じた龍拓は小さく頷くと、それまで張りつめていた肩から力が抜けたように話した。

「三年ほど前、隣の藩……荻野山中藩《おぎのやまなか》で、父の造った刀が事件を起こしました」

「隣の藩？」

「父の刀を買ったあるお侍が、乱心して、家来や家族を訳もなく、滅多斬りにしたのです」

「………」

「それだけなら乱心者で済みました。でも半年程の後、小田原城に奉納したはずの父の刀を、なぜか余所者《よそもの》の浪人が手にしていて、小田原藩の有能な勘定奉行など重職を次々と殺したのです」

　若い浪人が異様に目を吊《つ》り上げた形相で、下城途中や夜道を歩く老臣たちを、バッサバッサと斬った様子を、まるで見て来たかのように龍拓は話した。

「その浪人は、三人の藩重職を斬った挙げ句、さらに暴れるので、番方の役人たちが総出で殺してしまいました」

「それで、妖刀の烙印《らくいん》が押されたのか」

「はい。父が自害したのは、妖刀の噂《うわさ》に対する、命をかけた抗議だったのです」

「…………」

「でも、龍拓の刀は、藩の守り刀だと信じられていて、代々会心の作を一振りずつ納めてきました。ですから私も、精魂込めて刀を打ったのです……妖刀でない証《あかし》を立て、父の名誉を取り戻すつもりでした。その命より大切な刀を私は……」

龍拓は悔しそうに唇を嚙んだが、洩《も》れる吐息は切ない女そのものだった。

「このままでは、あなたが咎《とが》められるんだろうな、在府の藩主に……まずは上屋敷に行って、盗まれたことを話すんだ」

「信じて貰《もら》えるでしょうか」

「信じるもなにも、証人として、俺も一緒に行く。藩に献上する刀が盗まれたのだ。小田原藩総出で探し出すのが筋というもの。案ずるより産むがやすしだ」

十兵衛はポンと龍拓の肩を叩いたが、力が入り過ぎて、よろめいた。

「あ、すまん。つい……」

だが、龍拓は気にしない様子で横を向くと、また遠い目になった。

「誰か、好いた人のことでも考えているのか？」

「えっ」

「さっき宿でも、そんな顔をしていたから」

「そうでしたかしら。私は……」

一瞬、言い淀《よど》んでから、「この献上の刀で、刀鍛冶は最後にしよう。そう思っていたものですから」

「最後？　しかし四代目一文字龍拓になったばかりで……」

と十兵衛が不思議そうに見るのへ、今度は曖昧《あいまい》な笑みを洩らすと、

「なんでもありません。お忘れ下さい。あ、それと私が女であることは、誰にも内緒にして下さいね。私と月丸様だけの秘め事です」

と龍拓は立ち上がり、既に暗くなり始めた道を上屋敷に向かっていった。女に二人だけの秘め事だと言われると、男はなんとなく嬉《うれ》しいものである。十兵衛は少し心が軽くなって一緒に歩き出したが、

――刀鍛冶は最後にしよう。

という龍拓の言葉が、ずっと胸に引っかかっていた。

三

上屋敷に着いた時には、とっぷりと日は暮れて、東の空に満月が皓々《こうこう》と浮かんでい

った。

杵《きね》つきをする兎《うさぎ》の姿がくっきりと見える。心地よい夜風を入れるために、開けたままの障子の外には山紫水明《さんしすいめい》をかたどった庭園が広がっている。月光を浴びて美しかった。

「そうか……今宵は四代目の銘刀で、あの満月を半月にして見せようと思ったのだがな。盗まれたのなら、やむを得ぬな」

と江戸家老の阿部《あべ》が、いかにも残念そうに言った。恰幅《かっぷく》がよく、鬢《びん》や髷《まげ》に白いものが混じっているが、常に穏やかな笑みを湛《たた》えているような中年の偉丈夫だった。

「申し訳ございません！」

控える龍拓は、額を床につけて謝った。傍《かたわ》らに控えている十兵衛も、自分も守りきれなかったことを詫《わ》びた。阿部は理解がある人物なのか、決して責めることはなかった。その上で、

「藩でも、その不逞《ふてい》の輩《やから》を捜してみよう。殿には、龍拓が念入りに作っておるから、まだできていないと申し上げておく」

「お心遣い、痛み入ります」

「何はともあれ、龍拓、おまえの身に何事もなくてよかった。月丸十兵衛とやら、貴殿もよくぞ龍拓に傷ひとつ負わせず守ってくれた。わしからも礼を言うぞ」

「勿体《もったい》ないお言葉」

十兵衛も頭を下げた。

「なに、命さえあれば、また銘刀を作ることができる」

「あ、はい……」

と龍拓は俯《うつむ》いたまま曖昧な返事をした。『刀鍛冶は最後にしたい』という言葉を、十兵衛はまた思い出したが、言葉を飲み込んだまま何も言わない龍拓の月明かりを受けた横顔を見て、

――やはり何か深い訳がある。

と確信した。

言葉を失った龍拓に、阿部は労《いたわ》るように声をかけた。

「わしとて、龍拓が妖刀などとは信じたくない。だからこそ、汚名返上のために、おまえに新しい刀を作らせたのだ。だから、もし見つからぬ時は、また作ればよい」

「いえ、しかし……」

「うむ。むろん力の限りを尽くして探すのが先じゃ。おまえが、〝この一振り〟との思いで造ったのであろうからな」

「はい」

龍拓が答えに窮《きゅう》したので、十兵衛が助け船を出すように、

「さすが江戸家老さま。立派な御仁《ごじん》ですな。たしかに、盗まれた刀は凄《すご》い出来だった。もちろん私は見ていないが、鞘袋を掛けられていても、その凄さが分かるくらいだった」

「さすがは手練《てだれ》だな」

阿部がさりげなく言ったのに、十兵衛は小さく首を傾《かし》げて、

「私の腕をどこかで?」

と尋ねると、阿部はほんの僅《わず》かに口元を歪《ゆが》めたが、泰然と答えた。

「いやなに、座っている姿勢を一瞥しただけで分かる。掌《てのひら》にも見事な剣胼胝《けんだこ》があるのも見えたゆえな」

「恐れ入りました。それにしても、御家老。早いところ、剣を奪い返さないと、小田原藩としても大きな損失ではないのですか。藩の大切な守り刀でございましょう?」

十兵衛は、穏やかに微笑している阿部の目をじっと見つめて、まるで銘刀を失うと藩も危難に陥るのではないかと危ぶむような口調で言った。阿部もその微妙な意図を感じたのか、十兵衛から目を逸らさずに、

「……ならば月丸殿。しばらく、上屋敷に逗留《とうりゅう》して、刀探しに力を貸して下さらぬ

か」

「私が？」

「うむ。奪った輩の顔を見ているのは、そこもとと龍拓だけゆえな。それに……」

「それに……？」

「ご迷惑でなければ、殿に引き合わせてもよい。浪人暮らしで、洗い張り屋をしているとのことだが、その腕前を埋もれさせておくのは勿体ないではないか」

「それは買い被りでございましょう」

「いやいや、働き如何《いかん》では、当藩に召し抱えてもよい」

「拙者、浪人暮らしが染みついているゆえ、仕官は性に合いませぬ。ただ、刀探しには喜んで手を貸しましょう」

十兵衛も阿部の穏やかな目をじっと見つめて答えた。その穏やかさの裏には、

——どこか冷たいものがある。

と感じていた。洗い屋稼業の中で、様々な種類の人間を見てきた十兵衛ならではの見立てであった。

豪勢な夕餉《ゆうげ》をご馳走《ちそう》になった後、十兵衛は客間で一人、ごろんとなっていた。大根

と粟麩《あわぶ》、飛龍頭《ひりょうず》の炊き合わせ、ぐじの葱《ねぎ》焼き、帆立《ほたて》と人参の吸い物、鯛《たい》かぶら、海老《えび》芋《いも》の翁煮《おきなに》など、ふだん口にしないものばかりの料理を思い出しながら、腹ごなしに一杯やっていたのである。

月は相変わらず煌々と輝き、すっかり高くなっていた。ふいに夜風がそよいだと思ったら、離れの方から気配が近づくのを感じた。龍拓であることはすぐに分かった。開け放たれたままの障子戸の外に来た時、

「まあ、入りなさい」

と十兵衛の方から声をかけた。

あまり足音を立てずに来たつもりだが、気づかれていたことに龍拓は少し驚いた。剣術の達人である。誰かが近づく気配くらいは察して当たり前かと納得すると、素直に頷いて部屋に忍び込むように足を滑らせた。

十兵衛は、酒は飲まぬという龍拓に杯を勧めて、

「どうだい？」

「いえ、私は……」

「分かってるよ。三三九度をする訳じゃない。お近づきの印に形だけくらいよかろう」

「では」

と龍拓は、杯にほんの少しだけ注《つ》いで貰って舐《な》めた。途端にほんのりと頬が赤らむのが、月明かりの中でも分かった。

「長い一日だった。というか、龍拓殿。あなたとは今日の昼に会ったばかりなのに、随分、前から知り合いだったような気がする」

「私もです」

はにかむような表情に、十兵衛は目の移し所に困った。寝間着姿になったせいか、ほんのりと女の匂《にお》いが漂っていたからである。

「秘め事のついで……と言ってはなんですが、月丸様……」

「いかん。それはいかん。幾ら何でも、初めて会ったばかりなのに、それはいかん」

十兵衛が真顔でムキになるのへ、龍拓はくすりと笑って、

「違いますよ、月丸様。変な事を考えないで下さい。私は男、ですよ」

「あ、ああ……そうか」

「もうひとつだけ、御家老には黙っていて欲しいことがあるのです」

十兵衛は頷いて聞いていた。

「私は、もう二度と刀を造る気はありません。二度と……盗まれた刀の事は気がかり

ですが、もし見つからなければ、それはそれで仕方のないことだと思っております」

「どういうことだ？」

「詳しくは言えません……」

と龍拓は膝《ひざ》をきちんと整えると、十兵衛をもう一度、正視してから、「言えませんが、命の恩人の月丸様には一言、謝っておきたかったのです」

「謝る？」

「はい……私は明日、この上屋敷を出てから、姿を消します。このまま何処《どこ》か遠くに行ってしまいます。ですから、今言っておかないと、今日のお礼を言うことができません」

「…………」

「一文字龍拓は神隠しにでもあったようにいなくなりますが、どうか詮索《せんさく》なさらないように。そして、今言ったことは、誰にも内緒にしていて下さい」

十兵衛は訳を聞こうとしたが、どうせ龍拓は語ることはあるまい。

「分かった。約束する。だが、俺にもひとつだけ、教えてくれぬか。あなたの本当の名を、だ。女の名はあるのであろう？」

龍拓はどうしようかとしばらく黙っていたが、

「やはり……言わぬが花でしょう」

「………」

「その名で呼ばれたことは、ずっとずっとなかったのですから」

「なかった……今は、あるということか?」

龍拓はその問いかけには答えなかった。心中察するにあまりあるものがある。

「女の身で刀を打つのは、さぞや辛《つら》かったであろうな」

「それはもう慣れております。幼い頃から、私は父に骨の髄まで叩き込まれたのですから。おまえはただ一人の跡取りだと……修業は苦しく、私は何度も逃げようと思いました。でも、やり抜きました……」

女の細腕ながら、まるで剣胼胝のように堅くなっている掌の肉刺《まめ》は、その凄《すさ》まじさを物語っていた。龍拓はその手をまじまじと見て、長年の厳しさを一挙に思い出したのか、じんわりと瞼《まぶた》に熱いものが溢《あふ》れてきたようだった。

「私は精魂込めて、あの刀を打ちました。父の汚名を晴らすためにも、立派な刀を打ちたかったのです」

「実はな……」

と十兵衛は、龍拓のまなざしを穏やかに見つめ直した。

「一度だけ、先代の一文字龍拓を見たことがあるのだ。ある商人《あきんど》が開いた刀剣の品評会でのことだった」

武士を相手に古今の銘刀を落札させるのが目的の会だった。十兵衛は知人に誘われて、根津の寮に出向いた。その時、ある武士が一文字龍拓に目をつけて、

『ほう、これが名代の銘刀か』

と手にして、庭先に立ててある竹に斬りつけた。が、ガッと当たって竹が揺れただけだった。

『さっぱり斬れぬではないか。これでも、天下にその名の轟《とどろ》いた一文字龍拓か』

侍がそう非難の声を洩らすと、臨席していた三代目龍拓はまったく動ぜず、

『私の刀は、本当に値打ちの分かる使い手が手にしてこそ、初めて斬れるのでございます』

『なに!? 新陰流免許皆伝のわしを腰抜け扱いするか』

『滅相もございません。ただ事実を申したまででございます』

『小癪《こしゃく》なッ。無礼討ちにしてくれる!』

とその刀を振り上げた時、十兵衛の知人が素早く立ち上がって、武士から一文字龍拓を取り上げ、みごとにスパッと竹を切ったのだ。

「鮮やかな、淀みのない切れ味だった」

　十兵衛がそんな想《おも》い出話をすると、龍拓も納得したように頷いて、

「その話は、私も父から聞いたことがあります。竹を斬ったのは知人ではなくて、ほんとうは月丸様ご自身でございましょう？」

「え……」

「淀みのない切れ味……そんな感慨は、己の手で実感した人でないと分かりません。銘刀は使い手を選ぶ。父上の刀はまさしく、それでした……私はとても、そのような業物《わざもの》は造れません」

　龍拓は無念とも諦《あきら》めとも取れる言い方をしたが、どこか達観したようにサバサバとすべてを洗い流した顔にも見えた。

「これは俺の勘としか言いようがないがな、滅多斬りの隣の藩の侍は、あるいは本当の乱心者だったかもしれぬ。しかし、小田原藩の重臣を一刀両断に斬ったのは、ただの乱心者とは思えない。どこかに嘘がある……そんな気がしてならないんだ」

「その嘘、とは」

「それはまだ分からぬが、誰かが一文字龍拓の刀を利用して人を殺し、すべてを妖刀のせいにした……のではないか」

あまりにも唐突な物言いに、さすがに龍拓も驚愕《きょうがく》のあまり、信じられないようだった。

「月丸様?! そんなバカなことがッ」

「品川宿で、執拗《しつよう》に刀を奪いに来たことと関わりがある気がしてしょうがないのだ。もしかすると、その誰かが、またぞろ妖刀を使って人殺しを企《たくら》んでいるかもしれぬ」

龍拓はわなわなと唇を震わせていたが、

「私には……分かりません」

とだけ言って深々と一礼すると、後じさりをするように立ち去った。物音を立てないように歩くのが癖なのであろうか。十兵衛は思わず立ち上がって、廊下から見送った。龍拓の後ろ姿には、どこか儚《はかな》い憂いが漂っていた。

四

翌朝――。

十兵衛が目覚めた時には、龍拓はすでに上屋敷を出たとのことだった。家老は、小田原城下に帰ったと思い込んでいた。

「月丸殿。ぜひに、銘刀一文字龍拓探しに尽力してもらいたい。我が藩の守り刀のことゆえな、礼もきちんと払う」

と阿部は切餅《きりもち》小判をふたつ、五十両もの大金を差し出した。

「あ、いや……かような大金はいりません」

「遠慮は無用。我が藩の者は顔を知らぬゆえ、探しようがない。それに、家宝とも言える刀が、何者かに奪われたという噂が流れては、我が藩の恥になる」

「なるほど。口止め料も入っているということですか」

「どう受け取ろうと、月丸殿次第。わしは刀が戻れば、それでよいのだ」

「…………」

「時に、月丸殿」

「は？」

「我が藩のことは詮索せぬ方がよい。ゆうべ、龍拓と会って、我が藩の重臣が殺された話をしていたようだが、深入りはせぬ方がよろしかろう。なにしろ、妖刀がしたことですからな」

「妖刀がしたこと……」

「うむ。妖刀がしたことに関われば、災いが我が身に及ぶやもしれぬ。ゆめゆめ油断なさらぬように。貴殿はただ、刀さえ取り返してくれればよいのだ。よいな」

十兵衛には間者が張りついていたのかもしれない。

――だとしたら、龍拓が女であることも知っているのやもしれぬ。それを承知で何かをしようとしているのか……。やはり裏がある。

十兵衛はそう感じたが、この場は素直に言いなりになる一手だと、五十両を受け取った。

「分かりました。有り難く預かっておく。刀の行方、必ず、私が突き止めましょう」

と十兵衛は上屋敷を後にした。

その足で、一旦《いったん》、谷中富士見坂の自宅に戻った十兵衛は、溜《た》まっていた洗い張りの仕事には手もつけず、『宝湯』の半次に、菊五郎とさつきを集めさせた。

十兵衛が妖刀、一文字龍拓の話をして、その行方を探し、小田原藩の重臣殺しについて調べてくれと頼んだ。

「ちょっと待ってくれ、十兵衛の旦那」

菊五郎はまたぞろ反対の狼煙《のろし》を上げた。

「だって、そうじゃねえか。俺たちは人を洗うのが裏稼業だ。物探しなんざ、することはねえし、ましてや余所様のゴタゴタに首を突っ込むこたぁねえ」

「そりゃ、そうだが、人の生き死にに関わることかもしれないんだ」

「百歩譲って、そうだとしてだ。一体、誰が困ってるンだい。俺たちが命を張って守ってやらなきゃならない、何があると言うんだい。そりゃ旦那は、その妖刀に惚《ほ》れ込んだのかもしれねえが、それこそ妖刀のなせる業なんじゃねえのかい？　しっかりしてくれよ、旦那。ましてや、お武家の騒動なんざ、俺はまったく心が傾かねえな」

「そこまで言うなら、無理強いはしないよ。菊さんは、はずれて貰っていい」

「そうさせて貰うよ」

と菊五郎は立ち去ろうとした。

「待ってよ、菊五郎さん」

「ん？」

「ちゃんとした、洗い屋の話だからさ」

さつきは目を輝かせて、十兵衛を見つめている。何か儲《もう》け話があると、ころりと態度を変える女だが、そこがまた可愛《かわい》いところでもある。ところが、さつきが興味を抱いたのは金ではなく、『小田原藩』ということにであった。

さつきは、おもむろに百両もの大金を出した。

「一人二十五両。悪くない仕事だと思うよ」

焼き団子を食べていた半次は、醬油《しょうゆ》ダレがついたままの指で、思わず小判に手を伸ばして、眩《まぶ》しそうな目になった。

「悪いどころか、いい仕事じゃねえか。さつき、またぞろ占いで仕掛けたのかい？」

「人を騙《かた》りみたいに言うンじゃないよ。十兵衛の旦那。実は、あたしも小田原藩の藩士って奴に、ちょいと関わりがあるんだよ」

「小田原藩に？」

「ああ。この百両で洗って欲しいと、四、五日前に頼まれてたんだ」

「頼みに来た奴は」

「小田原藩勘定方の杉本周蔵《すぎもとしゅうぞう》。二十六、七の真面目《まじめ》そうな侍だった」

「洗われたい訳は」

「刀を捨てて脱藩したいンだって」

さつきがそう言った時、菊五郎は座り直したものの、納得できない顔で、

「そんな事なら、逃げなくとも、己で脱藩願いをすれば済むことじゃねえか。何か藩でやましいことでもしたんじゃねえか？」

「だから、そこをみんなで調べるんでしょ、ねえ旦那」

さつきは囃《はや》し立てるように、「なんたって百両だよ。もう貰っちゃったもんね。後

はみんなの腕次第ってこと」

「ああ、きっちり調べるよ。だがな、もし人殺しや盗みなど罪を犯してる奴は、掟《おきて》どおり洗わないぜ」

と菊五郎は続けて、「それと、藩の勘定方とか言ったが、面倒な事を起こした上での脱藩かもしれねえ。この百両の出所もはっきりさせてからじゃねえと、やらねえぞ」

「むろんだ」

今度は十兵衛が声を挟んだ。

「小田原藩士というのが気になる。さつき、その男とは繋《つな》がりはつくのであろうな」

「もちろん。この江戸に来ているはずよ」

「江戸に……？」

鍋《なべ》の油がジュワジュワと音を立て、やがてプチプチと軽やかな弾ける音となる。天《てん》麩羅《ぷら》が揚がっているのだ。綺麗《きれい》に揚がる音は、雨音に似ている。

「ああ、いい香りだ」

十兵衛は目の前で、次々と揚がる海老、穴子、キス、貝柱、山菜などを目で楽しみながら、件《くだん》の小田原藩士が来るのを待っていた。隣には、さつきが寄り添っており、女のくせに大きな腹の虫を鳴らしていた。

　屋台の天麩羅屋が現れたのは、天明《てんめい》年間である。元々は戦国時代に、伴天連《バテレン》が持ち込んだテンポラという油で揚げた魚のことであった。小麦粉を薄くかけて揚げることから、天麩羅という字をあてたという。江戸前を生かした庶民の食べ物だが、文政のこの時代になると、お座敷の料理屋として繁盛していた。

「はあぁ。おいしいねえ、旦那あ……菊五郎さんや半次さんにゃ悪いが、役得だ役得」

「ばか。払うのはこっちだぞ」

　と十兵衛が言うと、

「エッ、そうなの？　だったら、もっと安い店にしときゃよかった」

「ま、いいじゃねえか、たまにはよ」

「ダメですよ。これは旦那の分け前から、さっ引いておくからね」

　そんな下らない話をしていた時に、襖《ふすま》が開いて、一人の若侍が女中に案内されて入って来た。十兵衛が振り返ると、若侍は正座をして深々と頭を下げると、

「杉本周蔵と申す。宜《よろ》しくお願い致す」

と堅苦しい挨拶をした。

「おいおい。これから生まれ変わろうって奴が、それじゃ困るな」

「は？」

不思議そうに見上げた若侍は凛然《りんぜん》としていて、真面目そうな態度だった。

「まあ、座りなよ」

この『天ハツ』という店は、目の前で、主人が揚げてくれるようになっている。上野広小路にあるこの店は、料理屋になっても、屋台の頃の味わいを残しておきたくて、客に対面して様子を見ながら、適時に適量の天麩羅を揚げてくれるのである。鮨屋《すしや》のように言葉を交わすことは少ないが、十兵衛がくつろげる一時《ひととき》である。

十兵衛は軽く酒を勧めてから、

「で？　どうして武士をやめたいか、訳を聞こうか」

と尋ねると、周蔵は唐突なやりとりに警戒するような目になって、目の前の天麩羅職人を見た。

「話は単刀直入がいい。余計な手間は省いて、サッとやってサッと切り上げる。天麩羅と同じだ。なあ、おやじ」

と天麩羅職人に声をかけたが、黙々と揚げているだけだ。もちろん、十兵衛たちの素性は知らない。だが、客のことについては余計な事は一切喋《しゃべ》らない。それゆえ、この店で商談をする者も多いという。

「はあ、しかし……」

「おやじのことは気にするな。訳を聞こう。言っておくが嘘は通じぬ。こっちが調べて、納得できぬことがあれば、話はなかったことになる」

「承知しておる」

周蔵は食欲があまりなさそうだった。目の前に出される小ぶりの天麩羅に箸《はし》を伸ばそうとはしなかった。

「まだ堅いな……ま、いいや。小田原藩を辞めたいだけなら、脱藩願いで済む話ではないか。洗われたい、その訳はなんだ」

「…………」

「横領でもしたか」

「馬鹿《ばか》を言うなッ。これでも私は代々、小田原藩に仕える、藩主とも縁戚《えんせき》の家柄だ。しかも、藩の財政を預かる役職なのだ」

「だから、そのおぬしがなぜ」

「どうしても訳を言わねばならぬのか」

十兵衛はバリッと衣の音をさせて、かき揚げを囓《かじ》ると、淡々とした口調で、

「もう、帰っていい。話はなかったことにする」

と言って、百両耳を揃《そろ》えて返すように、さつきに言った。周蔵は戸惑った顔になったが、すぐに真摯な態度に戻って、

「申し訳ありません。宜しくお願いします」

「妖刀で藩の重臣を殺したこととは、関わりないのだろうな」

周蔵はギクリと十兵衛の横顔を見て身を引いた。既に小田原藩のことを調べていたのかと勘繰《かんぐ》ったのである。もちろん十兵衛は、一文字龍拓から聞いたとは言わないが、妖刀にまつわる話を知っている素振りをした。

しだいに周蔵は何処か落ち着きのない、不快に満ちた様子になった。

「やはり、何かあるのだな？」

十兵衛が意味ありげな面持ちで問いかけると、周蔵はようやく箸を海老に伸ばしてから、一口食べた。そして、気を落ち着かせるように酒をぐいと飲むと、

「あれは妖刀の仕業なんぞではない」

と断じた。それこそ何かに取り憑《つ》かれたように、黙々と出された天麩羅を口にした後、胸のつかえを吐き出すように言った。

「妖刀に見せかけた陰謀なのだ」

「陰謀？」

さつきは思わず聞き返した。

「ああ。こんな所でする話ではないが……」

と天麩羅職人を牽制《けんせい》するような目配せをした後に、周蔵は続けた。

「奴らこそ、人間の皮を被った妖怪だ」

「奴ら？」

十兵衛が問い返すと、周蔵の目には怒りの色がぐつぐつと露わになっていた。

五

小田原城下、二年半前のことである。

相模国《さがみのくに》の西の端、箱根《はこね》の関を擁する東海道の要《かなめ》である小田原城は、江戸を護《まも》る要塞《ようさい》の役割もあった。それゆえ、譜代大名の大久保加賀守《かがのかみ》が城主として君臨し、特段の騒ぎもなく平穏な城下町として栄えていた。

藩主が江戸在府の折は、城代家老の稲葉頼母《たのも》が藩政の執務を取っているのだが、江戸家老の阿部とは犬猿の仲だった。十一万三千石の大所帯である。それぞれの派閥が対立して、政策や財務など諸事万端にわたり、敵意を剝き出しにして競い合っていた。

「そんなある日のことであった」

と周蔵は、目の前で起こったことを話し始めた。周蔵は勘定方の役人で、城代家老稲葉の派閥に属していた。

城代家老の稲葉は見識が高く、どこか取っつきにくい面はあったが、藩政に関しては曖昧に処理することを嫌い、事と次第では藩主に対しても堂々と進言する人物だった。だが、その厳しさゆえに孤高の人と言われており、柔軟な姿勢の江戸家老の阿部の方に近づく者の方が多かった。

しかし、稲葉は藩主から絶大な信頼を得ていた。苦言を呈する家臣の方が、本当に藩の事を思う忠臣だと見抜いていたからだ。そのことを、阿部は快く思っておらず、いつかは稲葉を追い落としてやる、と周りの者に言っていたという。

「ある日、私は城代家老派の重職ら三名と、江戸家老の阿部様が、不正に藩の金に手をつけているのではないかと調べを始めた」

と言う周蔵の話を、十兵衛は箸を置いて聞いていた。

「藩の金を……」

「藩からは、半年ごとに一万両近くの金を江戸に送っている。そのうち、一千両近くの金が使途不明のままなのだ。増上寺裏門前海手の上屋敷、麻布竜土六本木町にある中屋敷に勤める奉公人への給金や、御公儀への内済金や献上金なども含まれておるが、明らかに不正があった。それゆえ詳細に調べ始めた矢先のことだった」

その探索に関わった勘定奉行と町奉行、そして目付の三人が、一文字龍拓を手にした浪人者によって、惨殺されたのだ。その上で、浪人は町場に出て、さらに関わりなき人々を殺そうとしたために、番方の役人によって、その場で斬り殺されたのである。

「番方役人は、江戸家老の息がかかっている伊藤有三郎という大番頭《おおばんがしら》で、本来は殿の身辺警護の役目なのです」

「周蔵殿はもしかして、江戸家老がその浪人者に金でも握らせて妖刀騒ぎを起こさせ、その上で処分した。城代家老一派の実力者を葬るために……そう考えているのか？」

と十兵衛が問いかけると、周蔵はきっぱりと答えた。

「考えているのではない。事実なのだ」

「というと、動かぬ証でもあるのか？」

「証はない。この私が、話を耳にしただけだからな、江戸家老の話を……」

江戸家老の阿部が帰邑《きゆう》した折に、大番頭の伊藤を私邸に呼びつけて、密談しているのを、周蔵は聞いたのである。丁度、三人の重職が殺された直後だったので、真相究明のために、阿部を詰問に向かった時だった。家臣に案内されて控えの間にいたのだが、偶然、伊藤が参上したのを見かけて、

——何かある。

と察して、盗み聞きをしたのだ。

話の内容は、万事うまくいった、という報告だった。やはり、周蔵が考えたとおり、江戸家老の不正が明らかにされないように、城代家老一派の藩重臣を〝暗殺〟したのである、妖刀一文字龍拓の仕業にして。

「三人を斬った浪人は、博徒一家の用心棒をしていたような輩だが、元はとある藩の剣術指南役だったほどの手練だから、腕はたしかだ。江戸家老の阿部様は、用意周到に、隣藩などで妖刀騒ぎを起こし、藩内にも広がったふうに見せかけて、自分にとって不都合な重臣を消したのだ」

「そのことは、藩主には伝えたのか？」

「むろんだ。だが……殿も、訳はともかく、藩の守り刀が使われたことで、心を痛めてしまわれて……そのせいか、あの英明な殿ですら言葉巧みに阿部に籠絡《ろうらく》されて

……」

「酷い男なのだな……あんな穏やかな顔をしてるのに……どこか冷たいものがあると感じたのは間違いではなかったか」

ぽつりと十兵衛が言うと、周蔵は驚いたように目を大きくして、

「ご存じなのか、阿部を」

「ああ……一度だけ、会ったことがある」

と曖昧に答えた。一文字龍拓のことを話そうとしたが、最後の刀を造った上で、姿を消すと言った横顔を思い出すと、巻き込んではならぬ気がして言えなかった。

だが、周蔵は不審に思ったのか、執拗に十兵衛に訊《き》いた。

「どうして知っているのです」

仕方なく、十兵衛は、

「実は、刀匠の一文字龍拓と出会ってな、上屋敷に届ける途中……」

と一連の出来事を話した。

一文字龍拓が奪われたことを知った周蔵は、

「またぞろ何かするつもりか……その刀を奪い取らせたのも、阿部の仕業かもしれぬ」

と不安な顔になった。だが、もはや自分とは関わりないと首を振りつつも、やはり

江戸家老は斬っておくべきだったと、周蔵は後悔した。

「あの御仁が、そんな恐ろしい事をしていたとはな。人は見かけによらぬものだ」

十兵衛がそう洩らすと、周蔵は皮肉に口元を歪《ゆが》めて、

「そうかな？　よく見れば、欲の皮が突っ張っているがな」

「で、おぬしが脱藩するのは何故だ。不正を追及したことで、江戸家老からの逆恨みを恐れてのことなのか？」

「それもある……それもあるが、己の力のなさを痛感したからだ」

「では、江戸家老の思うがままに藩を牛耳られてよいと言うのだな？　藩がどうなってもよいと」

「だから、私一人では如何ともしがたいのだ」

と周蔵は吐息で背中を丸めた。

「城代家老稲葉様の味方だった人も、今や次々と、阿部の方へ傾いている。有力な部下を失った稲葉様は徐々に、窮地に追いやられているのです。今や……まさに昼行灯《ひるあんどん》のような状態で、隠居を決意したようなのだ」

「浪人の分際で、こんなことを言うのはなんだが、そんなものなのか？　真相を究明するために、もっと我を通してもよいのではないのか？」

「そうはしたいが……人とはそんなに強いものではない……」

周蔵はもう一度深い溜息をつくと、「私も人並みな暮らしをしたくなっただけだ。政《まつりごと》のことなど何も考えず、何も悩まず、そしてただ好きな女と……」

「女？」

「ああ。惚れて惚れて惚れぬいた女がいる。その女のせいかもしれぬ。余計なことには惑わされず、刀を捨てると決心がついたのは」

初めて安堵《あんど》したような微笑みを見せた周蔵に、

「それもまた人生……まあ、よかろう。あんたを洗って進ぜよう。だが、少々、日にちはかかる。藩からの追っ手も来ぬように始末せねばならぬからな」

と言った十兵衛は、一緒に洗う女も連れて、三日後に、ある所で落ち合う約束をして、その場は別れた。

六

杉本周蔵の行方が分からぬと、小田原城から、江戸上屋敷に報せが届いたのは、その翌日のことだった。

　十兵衛は、妖刀探しにかこつけて、江戸家老の阿部に面会をしていたのだが、その最中、大番頭の伊藤有三郎が直々に、異変を言及しに来ていたのだ。

「なんじゃ、騒々しい」

　不機嫌そうに阿部は、苛々《いらいら》とその細い目を伊藤に向けた。屈強な荒武者のような伊藤は頭《こうべ》を垂れながら、

「杉本は屋敷にも何処にもおりません。我らの画策に勘づいて、逃げたに違いありませぬ。如何《いかが》いたしましょうや」

　と言ってから、隣室に控える十兵衛の姿に気がついた。伊藤はハッと口を押さえたが、阿部は気にするなと首を振った。五十両もの大枚を渡しているのだ。もはや手下も同然と思っているのであろう。

「浪人の月丸十兵衛殿だ。奪われた妖刀を探して貰っておる。いずれ、わしらの役にも立ってくれるであろう、のう月丸殿」

「役には立ちたいが、きな臭い話は、どうも苦手でな」

「なんの。藩の御定法を破った上に、姿をくらました下級藩士の探索をしているまでだ。もしや、その男かもしれぬからな、妖刀を奪ったのも」

　阿部は明らかに嘘をついていた。

「なぜ、その男がやったと?」

「かもしれぬ、というだけだ。もっとも、そいつを捕らえればハッキリするがな」

「一文字龍拓を奪ったのは、髭面の大柄な浪人だ。俺は二度もその浪人の顔を見たからな、よく覚えている。しかも、他にも大勢の浪人やならず者を引き連れていた。何が何でも、刀を奪いたいという執念でな」

「ならば早々に見つけて参れ」

これ以上、余計な事を口にするな、と険しい顔になった。阿部はよほど周蔵のことが気になるに違いない。

——なるほど、これなら身の危険を感じてもやむを得ないな。

と十兵衛は察した。

「時に、月丸殿……おぬしは本当は何が狙いで、当屋敷に来たのだ?」

唐突な問いかけに、十兵衛はたじろいだ。それこそ、阿部の本意が分からなかったからである。

「何のことだ?」

と十兵衛が戸惑っていると、阿部の穏やかな微笑みは般若《はんにゃ》のような不気味な笑いに変わって、

「惚《とぼ》けずともよい。杉本周蔵と会ったことは承知しておるのだ。上野広小路の天麩羅屋と言えば納得できるかな？」

見張りをつけられていたのだ。

――俺としたことが……。

不覚だと十兵衛は思ったが、後の祭りだ。

「杉本周蔵？　誰だ、それは」

「この期に及んで、惚ける気か？」

「たしかに『天ハッ』という天麩羅屋には行ったが、そんな男とは会っておらぬ。若侍とは席が隣合ったがな」

言い訳をした途端、サッと襖が開いて、既に抜刀し、槍《やり》を構えている家臣が十数人、ずらりと現れた。

「これまた大袈裟《おおげさ》な……俺が何をしたというのだ？」

と十兵衛が言った時、髭面の浪人も家臣たちの後ろから現れた。

「あっ、貴様は……」

十兵衛が凝然と見上げると、阿部は喉の奥で含み笑いをして、

「気づくのが遅かったようだな」

「どういうことだ。やはり、江戸家老のあんたが奪わせていたのか？」

「やはりだと……？」

すっかり穏やかな表情が消えた阿部は、その一言で、杉本周蔵の仲間だと確信したようにズイと膝を寄せながら、

「動くなよ。貴様……周蔵とはどういう仲で、何を企んでおる」

「知らぬ」

「いや、知っているはずだ。妖刀一文字龍拓の騒動の真相を！」

周蔵の話を聞いて、十兵衛は知っていた。だが、それが真実かどうかも確かめた訳ではない。周蔵を洗うために、小田原藩の内情を調べようとしたが、この扱いだ。阿部が妖刀にかこつけて、反対派閥を暗殺したのは、どうやら周蔵の話したとおりだと十兵衛は確信した。

しかし、十兵衛は黙っていた。洗う相手を、売るような真似《まね》はできない。

「周蔵は何処におる。言えば、命だけは助けてやる」

「くどいな。知らぬと申しておる」

「貴様……」

「一文字龍拓殿を助けたのも、たまさかのこと。この上屋敷に参ったのも、たまさか

のこと。そして、昨日の天麩羅屋の男が、小田原藩の藩士だというのなら、それも、たまさかのことだ」

「そんな言い訳が通じると思うてか」

「そう言われてもな、本当の事だからしょうがない」

「言え！　奴と何を話した！」

と阿部は意地になって喰《く》らいついてきた。十兵衛の周りにはわずか半間《はんげん》ほどの間合いで、家臣たちの刃が睨んでいる。微動だにできない十兵衛の額には、さすがに冷や汗が滲《にじ》んできた。

藩の重臣を殺したような奴らだ。名もない浪人一人を葬ることなど、容易なことであろう。だが、十兵衛は一瞬の隙を狙って、じっと辛抱をしていた。と同時に、
なんとか、杉本周蔵を洗ってやらねば。

という使命感にとらわれた。

「あくまでも知らぬ存ぜぬを通すか。ならば、体に聞くしかあるまい」

十兵衛はほんのわずかな間隙《かんげき》を縫って、家老を盾に取ろうとしたが、敵の動きの方が早かった。背後から突き出された槍の穂先が、肩口から首の横にシュッと現れた。下手に動けば首を斬られる。

他の家臣たちも、すぐさま突きかかれるよう低く身構えている。どんな手練でも八方から同時に突かれれば、避けきることはできない。

「そんなに信じられぬか。では、もはや仲間ではないな」

と十兵衛が預かっていた百両を懐から出して「裏切り御免！」と投げ捨てた。途端、ガツンと後頭部に激痛が走った。槍の柄が打ち落とされたのだ。


どれほど時が経《た》ったのか――。

十兵衛が我に返った時、辺りは薄暗く、噎《む》せるほどの香の匂いと、何か動物の皮を焼いているような臭《にお》いが入り混じった狭い土蔵の中にいた。

「どこだ、ここは……」

体に拷問を加えられた様子はない。ただ、いまだに頭から頸椎《けいつい》のあたりに痺《しび》れと痛みが滞っていた。

ふと目を移すと、裸蠟燭《はだかろうそく》があり、かろうじて土壁が見える。つと体をねじって起こそうとすると、ぬるっとしたものが体に触れた。見ると、そこには裸の女が二人いた。十兵衛自身も、着物を剝《は》がれ、半裸にされていた。

「お目覚めですか……？」

自堕落な態度の女二人は起き上がり、

「ささ。お酒をどうぞ」

と杯を勧めた。口にする気などないが、女は強引に十兵衛の唇を開けて、飲ませようとした。抗《あらが》ったが、不思議と力が入らない。十兵衛はひんやりとした酒を口にした途端、ゲッと吐き出した。

「な、なんだ、これは……」

「南蛮渡りの貴重な有り難い薬です。どうです？　気持ちよくなったでしょう？」

微笑みながら、二人の女はスッと立ち上がった。着物を羽織って、鳥の翼のように広げると、甘える仕草《しぐさ》で十兵衛に跨《また》がった。くらっとなる十兵衛を見つめて、二人の女は弾けるような笑い声を上げて、十兵衛の体中に舌を這《は》わせて舐め回した。

「よせ……何をする、よせ……」

「うふふ。そのうち、もっとしてくれと、せがむようになりますよ」

と二人の女の体が、蜘蛛《くも》の巣のように絡みついてきて、下腹部にも軽い快感を導いてきた。十兵衛は体をよじりながら、

「なんなんだ、おまえたちは……」

と言いながらも、己の意識をしっかり保とうと血が出るくらいに唇を噛んだ。

「うっ……」

十兵衛のその強い意思を目の当たりにした女たちは、滲む血まで舌先で舐めた。そのまま強引に舌を滑らせて来て、生ぬるい唾液《だえき》とともに、ぴりりと痺れる液体が侵入してきた。麻薬か何かに違いない。

ドスンと鳩尾《みぞおち》あたりから突き上げられる感覚になった途端、十兵衛に突然の睡魔が襲いかかってきた。

「だめだ……眠ってはだめだ……」

眠りに入ることを、これほど恐怖に感じたことはない。だが、眠気とは相反して、不思議と意識は覚醒《かくせい》している。それが恐怖心に輪をかけていた。

必死で目を見開いていると、キラキラと星のような輝きが天井から落ちてくる。錯覚に違いない。銀色に煌《きら》めく雨のようだった。

「ン?……夢でも見ているのか?」

頭を振って目を擦った十兵衛の目の前に、鏡のように透き通った細長いものが現れた。輝いて見えたのは、それが蠟燭の光を跳ね返してできたものだった。

「!……これは」

十兵衛の眼前にスッと凜々《りり》しく伸びているのは、抜き身の刀だった。女二人が、両手で捧《ささ》げ持つように、十兵衛の前に差し出しているのだ。そのみごとな輝きに目を奪われた十兵衛は、思わず刀の柄に手を伸ばそうとした。

すると、鎺《はばき》に〝龍〟の金文字がうっすらと浮かび上がった。

「これは……一文字龍拓！　どういうことだ……何をしようというのだ……」

十兵衛は声を限りに叫んだつもりだが、眠気のせいか、精力をすべて吸い出されたようにグッタリと体を屈めただけで、声にならなかった。それでも必死に縋《すが》ろうとする十兵衛を女たちは見下ろして、

「見なさい……見るのです、この刀を」

「そうか、分かったぞ……」

と十兵衛は刀の輝きから目をそむけながら、「城代家老一派を殺した浪人者にも、このような〝拷問〟を施して、麻薬の力で一文字龍拓を持たせたンだな。そいつは、人殺しをしたとも気づかぬまま、おそらく想念の中だけで、事を行ったのであろう。その上で、妖刀の仕業に見せかけた、そうに違いあるまい」

そう断じた十兵衛の顔を、二人の女はまじまじと見ていた。

実は、阿部の子飼いの、くノ一、である。麻薬を使って、意識を朦朧《もうろう》とさせた挙げ句、妖術で操って人を殺させる目論見《もくろみ》である。そのことを、肉体も魂も厳しい状況の

中で判断するとは、
恐るべし、月丸十兵衛。

と、くノ一たちは感じていた。

「家老は、刀を奪われたと見せかけて、じつは自分が奪わせていた。その狙いは、こういうことだったのか……今度は俺を使って、誰を殺そうというのだ……」

二人の女は輝く龍拓の刀身を、じっと十兵衛の目に近づけた。思わず立ち上がろうとする十兵衛だが、ガクリと膝が崩れた。くノ一のひとりが、針で麻薬を血脈に射《さ》したのだ。

俄にトロンとなった十兵衛に、きらきら輝く刀身を見せ続けた。十兵衛は吸い込まれるように、じっと見入っている。その目には、次第に異様な輝きが広がってきた。

「刀は男の魂です……あなたに、かつてない力を与えます。素晴らしいでしょう。この光……この輝き……」

くノ一の声が十兵衛の耳元で囁《ささや》かれる。その都度、十兵衛はこくりこくりと頷いて、恐ろしくなるほど目を吊り上げた。ゆっくり体が左右に揺れはじめたが、本人は気づいていない。ただただ、目の前の刀の輝きにじっと引き込まれていた。まさに妖刀に魅入られたかのように。

さらに十兵衛の耳元に、くノ一は呟いた。

「殺すのは杉本周蔵。そして、小田原藩城代家老稲葉頼母」

「…………」

「言いなさい。あなたが殺すのは？」

「杉本周蔵……そして、小田原藩城代家老、稲葉頼母……」

十兵衛は無意識の中で、何度も何度も繰り返していた。

七

「遅いわね、十兵衛の旦那」

さつきと半次は、谷中七福神のひとつ、青雲寺《せいうんじ》の境内《けいだい》で待っていた。夕陽に負けぬように、夾竹桃《きょうちくとう》、柘榴《ざくろ》、百日紅《さるすべり》などの華やかな花が次々と咲き乱れるので、花見寺とも呼ばれており、恵比寿《えびす》天が祭られている。

そこから掘割を通って隅田川に出て、そのまま川上に上って荒川に出ることになっている。上州伊香保《いかほ》に、夫婦二人が住み込みで暮らすのに丁度良い湯の宿が見つかっている。今までの因縁を断ち切って、新しい生き方ができるはずだ。

だが、肝心の十兵衛が来ないとは、

——何か不都合があったのか。

と、さつきは心配した。刻限に遅れることなどない十兵衛だから、半次もますます気になっていた。

既に、杉本周蔵は訪れている。連れの女ともども、白装束の行脚《あんぎゃ》姿である。道中脇差は持っているものの、大小の刀はすっかり捨てたようだ。女はどこか憂いのある小さな顔を一度だけ見せたが、後は頰被りをして怯《おび》えたように隠していた。

「仕方ねえ。俺が送り届けるとするか」

と半次が、寺の裏手にある船着場に招こうとすると、涼やかな境内で鳥がバタバタと羽ばたく音がした。見ると、いつの間に来ていたのか、十兵衛が編笠を被って、本堂前の石畳に立っている。

さつきはニコリと笑顔になって、

「旦那ア、遅いじゃないのさあ」

と近づいた。編笠を被っていても、立ち姿だけで分かる。

だが、半次はいつもと違う十兵衛の雰囲気を感じた。腹を空《す》かしてばかりの男ではないのだ。元は関取になった程の男である。野獣の勘は人一倍あった。

――鳥が羽ばたいたということは、旦那以外の誰かがいる。

と察してもいた。

「十兵衛の旦那。あんまりじゃねえか。これだけ待たされたンだ。分け前は多めに貰うからね」

冗談半分に半次が声をかけた。普段なら戯《ざ》れ言のひとつやふたつ返って来るのだが、十兵衛はニコリともせずに、いきなり抜刀すると、周蔵を目がけて斬りかかっていこうとした。

「旦那！」

突然のことに驚愕したさつきは、思わず十兵衛の腕に摑《つか》みかかったが、ブンと振り払われ、庭の縁石につまずいて転んだ。

「な、なにをするの！」

さつきの叫び声には構わず、十兵衛はスウッと滑るように周蔵目がけて近づいた。ふらふらと体がゆっくりと揺れている。その十兵衛の目にはまったく生気がなく、まるで夢遊病者だった。

――刀の魂があなたを呼んでいます……深い……深い闇《やみ》の中に、あなたは堕《お》ちてゆく……堕ちてゆく……。

そんな声が十兵衛の中で繰り返し聞こえた。土蔵の中で麻薬を飲まされ、耳元で囁かれた声である。

——そなたは私の声に従って動くのです。どんな事でも、私の指図通りに、やり抜かなければなりませぬ。どんなことがあっても。

十兵衛はその声に何度も頷きながら、怯えた顔で後ずさりする周蔵めがけて、突き進んで行った。

「おのれッ……やはり、おまえは洗い屋なんかじゃなく、江戸家老の回し者だったのか」

無言で近づく十兵衛と並走するように、少し離れた植え込みの中に人影が見える。薄暗くなってきたから、はっきり顔は分からないが、明らかに忍びのような軽やかな動きだ。十兵衛を土蔵で責め続けた、くノ一に他ならなかった。麻薬に侵され、いわば洗脳された十兵衛にしか聞こえない笹笛《ささぶえ》で、意志を思うがままに操っているのだ。

半次はくノ一の姿を認めると、さつきに目配せをしてから、いきなり十兵衛の横っ腹に体当たりをした。

「うわっ」

と体勢を崩した十兵衛だが、手に握り締めている刀はまるで張り付いているかのように離れなかった。ギラリと半次を睨みつけた十兵衛は、一閃《いっせん》、刀を振り払ったが、次の瞬間には再び、周蔵に向かっていた。

「旦那ッ。やめてよ、何なのよ、旦那！」

さつきは叫びながらも、少し離れて並走している怪しげな女の妖術にかかっていることを確信した。さつきも、夢占の時に、いわゆる催眠術を施すことがある。十兵衛はまさに闇の中に堕ちていた。

――斬るのです。杉本周蔵を斬るのです。

十兵衛は目を吊り上げるとサッと斬りかかった。周蔵も道中刀を素早く抜いて、弾き返そうとしたが、一文字龍拓とは刃の出来が違う。バキン！　と道中刀は折られて、周蔵は女を庇うように抱きしめた。

その時、女は十兵衛が手にしている刀を見た。その瞬間、

「それは一文字龍拓ッ。私が打った刀……奪われた刀！」

と大声を上げた。

さつきと半次は凝然と女を見た。

「私の刀……私の刀は妖刀なんかじゃない！　罪のない人など斬りません！」

と悲痛な顔で叫んだ。

「一文字龍拓……私が造った刀……お八重《やえ》。一体、どういうことなんだ」

周蔵は混乱する頭で問いかけた。だが、お八重と呼ばれた女は、刀を振りかざした十兵衛を恐れることもなく、まるで自分の飼い犬にでも近づくように、

「それは私の刀……斬るなら、私を斬りなさい！」

と声を張り上げた。

十兵衛の動きが、なぜか一瞬だけ止まった。その隙に、もう一度、背後から体当たりした半次の巨体に、十兵衛は前のめりに倒れ、編笠が吹っ飛んだ。

露わになったその顔を見て驚いたのは、お八重の方だった。

「あなたは、月丸様……これは一体……」

お八重は、あの一文字龍拓だったのである。女ながら刀鍛冶として育てられ、その束縛から逃げたはずの龍拓、その人だったのだ。

だが、十兵衛の目はトロンとしたままで、龍拓だと分からない。わずかに険悪な顔になって、もう一度、銘刀一文字龍拓をぐいと握り直した。

さらに、離れた所から、くノ一が妖術を施そうとした時、木陰から、いきなり菊五郎が躍りかかった。ふいをつかれたくノ一は反撃をしようとしたが、間髪入れず、菊五郎は匕首《あいくち》で相手の喉元を突き抜いていた。

ほんの一瞬の出来事だった。

声も出さず崩れたくノ一を足蹴《あしげ》にして、息絶えたことを確かめると、菊五郎は十兵衛に近づいて、命門《めいもん》などの急所をついて活を入れた。

ハッと我に返った十兵衛の顔には、すうっと血の気も戻って、

「なんだ、みんな。何をしておる。すっかり暗くなったではないか。半次、またおまえが遅れたな」

と毒づいた。

「冗談じゃないぜ、旦那。危うく、洗う人間を殺すところだったんですぜ」

半次の珍しく怒った顔を見ると同時、近くに倒れているくノ一の姿を見た。菊五郎も険しい顔で血塗《ちまみ》れた匕首を仕舞いながら、

「十兵衛の旦那らしくねえ。これは、小田原藩のくノ一だ。やらねえと、俺たちがやられてた。旦那は……あいつに、すっかり操られていたんだよ」

手にした一文字龍拓を見て、するするとすべてを了解した十兵衛は、傍らで見つめていたお八重を振り返った。じっと揺るがぬ眼差しで見つめている。

「分かりませんか……」

お八重の顔をまじまじと見つめ返して、十兵衛は息を飲んだ。

八

荒川に漕《こ》ぎ出した小さな屋根舟は、流れに逆らって上州を目指していた。辺りは静かな波の音と蛙《かえる》の鳴き声くらいだった。

「一緒に逃げる女が、龍拓殿……あなただったとはな」

十兵衛はさっきまでの暴挙が嘘のような穏やかな顔で、二人の事情を聞いた。龍拓こと、お八重は、十兵衛との奇遇を面白がっていたが、周蔵の方は舟縁《ふなべり》で不愉快に暗い川面《かわも》を見つめていた。

お八重はそんな周蔵に気づいて、そっと寄り添いながら、

「ごめんなさい。騙《だま》すつもりじゃなかったんです。私どうしても、あなたと……」

「ああ。俺も気が変わった訳じゃない。お八重……おまえと、このまま逃げるつもりだ。心配するな」

そう言う周蔵の瞳《ひとみ》には迷いの色があった。龍拓のせいではないとはいえ、周蔵の尊敬していた藩重臣を亡きものにしたのは、先代一文字龍拓の刀だ。

「……許してくれないんですか？」

お八重は切なそうに見つめた。周蔵は黙ったまま、艫《とも》に流れる波に目を移した。

「やはり、私は女に戻ってはいけなかったのですね……男として生きていくしか道はなかったのですね」

投げやりに言うお八重に、十兵衛が声をかけた。

「お八重さん、それは違う。杉本殿は戸惑っているだけだろう。でも、お八重さんは、お八重さんだ。何も変わることはあるまい。そうだろ、杉本殿」

十兵衛に諭すように言われて、周蔵は屋根舟の中に座ると、柔らかな思い出し笑いをして、お八重の手を握り締めた。

「去年の春、桜が満開だった頃です。初めて、お八重に会ったのは……」

小田原城下の海辺にある円融寺のご開帳の折に、偶然、出会った。艶《あで》やかな花柄の振袖を着たお八重が、本堂の前で石畳の溝に下駄の歯を取られて転びそうになったのを、丁度すれ違った周蔵が支えたのだ。

——美しい。

周蔵は一目で惚れてしまった。お八重は深々と礼をして立ち去ろうとしたが、下駄の鼻緒が切れている。それも運命の綾《あや》なすものだと、周蔵は本堂脇の縁側に、お八重を腰掛けさせると、手拭いを割いて鼻緒をすげ替えようとした。が、生来のぶきっちょで、なかなか上手くいかない。

『いや、違うな……こうか？　いや、これも駄目か……』

出来もしないのに、鼻の頭に汗をかいて一生懸命になる周蔵に、思わずクスリと笑うお八重だった。二人とも、同じ事を思い出していた。

「桜があまりにも綺麗だったから、何も語らず、じっと二人で眺めていました。でも、なぜか心が安らいで……気がついたら二刻（四時間）も経っていたんです」

と、お八重が言った。周蔵も頷いている。それが夫婦に相応《ふさわ》しい、男と女の〝和み〟というものであろうなと十兵衛は感じた。

「男として育てられた私は、女物の着物を着ることなど許されませんでした。髪だって、長くは伸ばしていたけれど、ちゃんと結ったことがない。でも、その日は特別でした」

「特別……？」

問い返す十兵衛に、お八重は憂いを浮かべて、

「はい……私の元服の祝いだったのです。生涯に一度だけ、晴れ着を着させてやる。一度だけだ。そう父に約束させられて、女の姿になったのです」

「…………」

「周蔵さまに会ったあの日が、最初で最後、私にとっては生涯に一度きりの娘になった日なのです」

　周蔵もじっと聞いていた。

「生まれてからずっと男として生きて参りました。そして、男として生き続けるつもりでした。でも、女の身にはあまりにも悲しく、辛く……私はたった一度しか、会ったことのない、あなたのことが忘れられず、ずっとずっと、この胸の中で……この胸の中で……」

「俺も同じだよ」

　と周蔵は、お八重の手をさらに強く握り締めた。

「あの日、俺たちは、三日後にもう一度、同じ桜の木の下で会おう。そう誓い合って別れたんだ。しかし……お八重は来なかった……何か来られない訳があったに違いない。そう思い込んで、来る日も来る日も、城を抜け出しては、同じ所に行ってみた」

「二人とも、お互い、一目で惹かれ合ったということだな」

　十兵衛は羨《うらや》ましそうに微笑を洩らすと、周蔵とお八重は顔を見合わせてはにかんだ。

その時は、お互い名前も名乗り合っていなかったのだという。

「たしかに約束はしましたが、私は会いに行くつもりはありませんでした。父が絶対に許してくれるはずがないからです。こっそり、行くこともできません。私が行かなければ、周蔵さまの方も、すぐに忘れるだろうと思っていました。でも、ある日……」

先代龍拓について、小田原城に赴いた時のことだ。お八重は、城内で、周蔵を見かけたのである。藩士だと知ったのも、その時だった。

「でも、周蔵さんの方は私に気づきません。そりゃそうです。刀鍛冶の格好をしているのですから……その時に、同僚の方から、周蔵さんが円融寺で会った娘を探している、そう聞きました。そして、毎日のように、あの桜の木の下に行っていると」

同僚たちは、周蔵が会ったのは幻で、桜の精が悪戯《いたずら》でもしたのであろう、とからかっていたという。だが、その話を聞いたお八重は、

「ああ、あの人も同じ思いでいてくれた」

そう思うだけで幸せだった。

だが、日を追うごとに胸に秘めているだけでは堪えられなくなって、父親に隠れて、周蔵に会いに行った。久しぶりに会ったが、周蔵は、お八重を責めるどころか、

「あの時の、あなただ……あれは幻じゃなかったンだ」

そう感激して抱きしめたという。

「でも、一文字龍拓だということは、話さなかった。それは、どうしてなのだ？」

と十兵衛が問い質《ただ》すと、お八重は素直に答えた。

「嫌われるのが恐かったからです……そして、永遠に会えなくなる。そう思ったから……だから私は、その後も、何度か父に隠れて会いに行きました」

周蔵の方は、親に挨拶に行くから教えてくれと頼んだが、どうしても決心がつかなかった。そんな矢先に、先代が自害した。お八重は悲しみの中にありながら、

――これで好きにできる。

と思ったという。しかし、妖刀の噂があるとはいえ、一文字龍拓という大看板は、お八重一人で廃絶することはできない。名跡を継げと、すぐに藩主から命令が下り、藩を挙げての大切な儀式も執り行われた。

だが、お八重はその時に決心したのだった。四代目として一世一代の新刀を献上した上で辞めようと。そうこうするうちに、周蔵の方は、重臣暗殺の一件で、江戸家老の阿部から命を狙われるようになった。

「だから、いっそのこと、愛《いと》しい人を連れて、侍を捨てようと決めたのです」

そのことを周蔵は後悔していないが、心残りがひとつだけあるという。

「稲葉様……城代家老の稲葉様を、お守りすることなく逃げたからです……私は卑《ひ》

怯者《きょうもの》だ。江戸家老の阿部の悪行を知りながら、捨て置いて逃げたからです」

「それは、貴殿の仕事ではない」

「と言っても……」

「このまま洗われても後悔してるようじゃ意味がない。後は俺に任せて、吉報を待っているがいい」

「月丸様、一体、何を……」

心配そうな顔を向けるお八重に、十兵衛はガッと一文字龍拓を摑んで言った。

「あんたたちの幸せのためだ。この刀は……やはり、妖刀であって貰うよ」

九

谷中富士見坂の自宅に帰った十兵衛は、部屋の中が荒らされているのを目の当たりにした。盗人でも入って、金目のものを漁《あさ》ったように見えるが、そうではない。十兵衛たちのことを洗い屋と知った阿部が、周蔵とお八重の行方の手掛かりを探しに来たことは、容易に考えられた。

同じように、菊五郎の長屋も宝湯も、さつきの身辺も探られていた。

「どうする、十兵衛の旦那」

菊五郎は既に、くノ一を一人始末している。相手も強引に、こっちを消しに来るに違いない。

「裏の稼業を知られた限りは……」

言葉にこそ出さないが、〝斬る〟と菊五郎は言いたげだった。

「俺を嵌《は》めた、くノ一はもう一人いた。上州に逃がしたことが、阿部たちにバレていないとも限らん。後は、きっちり後始末をするだけだ」

十兵衛は預かった一文字龍拓を、ぐいっと握り締めていた。


その日――。

小田原藩上屋敷では、屋敷がひっくり返るほど騒々しいことが起こっていた。国元の城代家老稲葉頼母から、江戸在府の藩主大久保加賀守に宛《あ》てて、

『勘定方下役杉本周蔵切腹』

の報せが遺髪とともに届いたからである。藩主は杉本とは一度しか会ったことがないが、彼の残した財務帳簿と勤務日誌などに、江戸家老の横領の意見言上書が添えてあった。

藩主は直ちに、江戸家老の阿部を呼びつけて、厳しく問い質したが、

「お恐れながら申し上げます。それは私にかけられた、稲葉殿の巧みな罠でございます」

「なぜ、そう断ずることができる」

「杉本周蔵は切腹などしていないからでございます」

「なんと」

「上様は下々の事などご存じないでしょうが、世の中には洗い屋なる輩がおります。人生を洗い直すなどと嘯《うそぶ》いておりますが、とどのつまりは、金で請け負って人を逃がす裏社会の商《あきな》いです。咎人《とがにん》を逃がすことだってありましょう。実は……杉本は、その輩を利用して、不忠義にも脱藩を試みた節があります」

「まことか」

「はい」

阿部はしっかりと頷くと、表廊下にもう一人のくノ一が控えた。

「私がこの目で、確かめました。仲間のくノ一は、洗い屋に殺されました。一撃で仕留めたとは、敵ながら凄腕だと……」

驚愕する藩主に、阿部は膝を進めて近づきながら、

「遺髪だけ残して、杉本の亡骸《なきがら》を既に荼毘《だび》に付したというのも面妖な話でございます。土葬ならまだしも」

「たしかにな……しかし、頼母が余に嘘の報せをするとは思えぬ。この事については、余が直々に調べて裁断するゆえ、そなたも反論があらば、その証《あかし》を整えておくがよい」

「ハハア！」

阿部は後ろに下がって、素早く廊下に退散したが、その顔は醜く歪んでいた。

「まずい。実にまずい」

と何度も何度も繰り返して、股《もも》を叩きながら歩いた。そして苛々と、くノ一に、

「奴らの逃げた先は分かったのか」

「それが……」

「分からぬのか」

「上州に向かう途中、まかれました」

「バカモノ！」

と扇子をくノ一に投げつけて、「杉本さえ捕らえれば、我らに有利な証になる。奴がどんな真相を知っておろうとも、切腹と偽って逃げたとなると、誰も信頼はするま

い。なんとしても探し出せ」

「はッ」

くノ一が素早く立ち去った後、部屋に戻った阿部は冷たい気配を感じた。誰かに見られている。そんな気がした。ガサッと屛風《びょうぶ》が揺れると、阿部は怯えたように後ずさりをして、床の間に掛けてある刀を摑んだ。

「誰だッ……」

と、屛風とは反対側の襖が音もなく開いて、人影が立ったように感じた。阿部は素早く振り返ったが、そこには誰もいなかった。ぞっとして、冷たいものが背中を走った。

「誰か……出会え……」

そう叫ぼうとした時、音もなく吹き矢が飛来して、頸椎の後ろに突き立った。しばらく驚いた顔で立ち尽くしていたが、やがて阿部の目がとろりと溶けそうになると、ふらふらと隣室に歩き出した。

吹き矢を放ったのは菊五郎で、まるで忍びのような格好をしていた。吹き矢の先端には強烈な麻薬を塗り込んでいた。

「目には目を……だ。悪く思うなよ」

と阿部の手に、一文字龍拓をしっかりと握らせてから、菊五郎は耳元に囁いた。

「早く藩主大久保加賀守を殺せ。でないと、おまえの首が刎《は》ねられるぞ」

「……………」

「よいな……藩主を殺すのだ」

阿部はしだいに痙攣《けいれん》したような顔つきになって、まるで千鳥足の歩みで、藩主の居室に向かって歩いた。

「死ね……殿……ふはは……死んで貰いますぞ」

朦朧《もうろう》とした目で刀をしっかり握ると、いきなり乱暴に振り始めた。そして、次第に声が大きくなってくる。

「殿！　殿はどこじゃ！　どこじゃア！」

その時、家臣の一人が異変に気づいて、駆けつけて来た。

「御家老、如何なされました、御家老?!」

近づこうとすると、ブンブンと刀を振り回す。危うく斬られそうになったところへ、他の家臣たちがズラリと現れた。

「御家老！　御家老！」

「どけどけ！　わしは殿を斬る！　殿に死んで貰うのじゃ！」

腹の底から叫んで暴れる阿部に、家臣たちは下手に手を出せなかった。怪我をさせてはならない。取り押さえようと必死だった。

騒ぎに気づいた藩主は、様子を見に駆けつけて来たが、それへ向かって、

「おりましたな、殿！　お命頂戴《ちょうだい》！」

家臣たちは藩主を庇って、ずらりと白刃を抜き払って、阿部に切っ先を向けた。怯《ひる》むことなく、まっすぐに突き進んで来る阿部の手にした刀を見て、藩主は気づいた。

「その刀はもしや、一文字……」

何も答えず阿部は振りかぶって、藩主に斬りかかった。それを家臣が一太刀、打ち下ろしたが、叩き落とすことはできなかった。だが、激打の痺れで、我に返った阿部は、己がしている異様な行動にハタと気づいた。

「こ、これは……」

手にしている一文字龍拓をまじまじと見つめるのへ、藩主は厳しく叱責《しっせき》した。

「阿部！　そなたッ、やはり稲葉の報せどおり、妖刀にかこつけて余の家臣を殺しおったな！　そして、余の命まで！」

「お、お待ち下さい……これは罠なのです……何者かが私に……殿、信じて下さい」

「いや、信じぬッ。さっきはさっきで、稲葉が己にかけた罠だと言い抜けおったが、

その刃が物語っておる！」

「いえ、これは妖刀の仕業……」

「黙れ、龍拓は我が藩の守り刀だ。断じて妖刀などではない！　すべては、そなたが画策したことだッ。己が犯した不埒三昧《ふらちざんまい》を隠蔽《いんぺい》するためにな！」

阿部はわなわなと全身を震わせていたが、それは藩主から咎められたからではない。本音を突かれて、悔しさが湧き起こって来たのだった。

「お、おのれ……ならば殿……道連れに死んで貰いますぞ！　キエイ！」

裂帛《れっぱく》の叫びを上げて斬りかかった。いや、それは脅しで、そのまま斬り払いながら、中庭を抜け、裏口から足袋のまま駆け出て行った。

表通りには、商人や職人が往来している。中には女子供もいる。血走った阿部の姿を見て、人々は一瞬のうちに恐怖のどん底に陥れられた。

「わしは小田原藩江戸家老だ！　おのれ！　斬り捨ててくれる、下郎！」

と大声を張り上げて、刀を振り回した途端、その前に、人々を守るように、すうっと両手を広げて近づいた編笠の侍がいた。

編笠の端を少し指で上げると、それは月丸十兵衛だった。

その顔を見た瞬間、阿部の顔は凍りついた。

「どうだ……少しは己がした事の愚かさが分かったか」

「貴様ッ！」

思わず斬りかかった阿部の刀を、十兵衛はかわしもせずに弾き飛ばした。その刀は、回転しながら宙を舞ったが、落下して来てグサリと阿部の背中に突き刺さった。

追いかけて来た家臣群の目の前で、一瞬のうちに起こった出来事だった。

「お、おのれ……」

阿部は無念そうに虚空を掴みながら、前のめりに倒れた。途端、血が溢れ出した。

「貴殿……お怪我はないか」

十兵衛は逆に、家臣たちに声をかけられた。だが、黙って刀を鞘に戻すだけだった。

「………」

「そこもとは悪くない。よくぞ、留めてくれた。この江戸で、我が藩の家老が、何の関わりもない人々を傷つければ、殿も只《ただ》では済まぬところであった。かたじけない」

側用人らしき男は丁寧に十兵衛に頭を下げて、配下に阿部の亡骸を片付けさせた。

「御礼をしたい。ぜひ、当藩屋敷に……」

「いや、ただの通りすがりの者だ」

編笠のまま軽く一礼すると、十兵衛はそのまま立ち去った。

その後——。

奸計《かんけい》をめぐらせていた家老を、一文字龍拓が成敗《せいばい》したという風評が広がり、その刀は藩主を守った銘刀として語り継がれることになったという。

第三話　夏の鯉《こい》のぼり

一

汗ばむほど蒸し暑い夏だった。

蟬時雨《せみしぐれ》でうるさい谷中富士見坂を、子供たちは疲れを知らないのであろう、大声を上げながら何度も登り下りして走り回っていた。

日陰から眺めていた十兵衛は、顔を隠して見つからないようにしていた。誰《だれ》か子供の目に止まれば、「一緒に遊ぼうよ」「隠れんぼしよう」「鬼ごっこしよう」などと、抱きついてくるからだ。洗い張りの仕事ができないどころか、ヘトヘトになるまで遊びに付き合わされるのが困るのだ。

子供というのは、遊んでくれる大人とそうでない者を一瞬にして見分ける感覚に長《た》けている。十兵衛も子供が嫌いではないから、誘われると、ついつい調子よく相手をしてやり過ぎるのだ。

――断り下手。

なのも十兵衛の悪い癖だった。

「そんなの、ただの八方美人なだけだよ。子供に嫌われたくないだけさ」

さつきはそう断じている。否定はしないが、近所の面倒を持ち込まれれば、放っておくわけにはいかぬ。それが人情というものではないか。十兵衛はそう思っていた。

竹馬や凧揚《たこあ》げなどをするのだけが子供の遊びではない。雨の日や夕餉《ゆうげ》の後などは、現実から夢の中へ入りたがるのである。幸い谷中富士見坂には、隠居老人も沢山いて、湯屋の二階では、子供たちを集めて洒落噺《しゃればなし》や落とし噺をする者がいた。〝語り部〟とか〝噺家〟と渾名《あだな》されるほどの玄人《くろうと》はだしで、近所の子供たちも湯に入ったついでに、わんさか集まって聞くのが常だった。

そんな中で、餓鬼大将のカン坊が一番、興味津々で聞いていた。いつも怒鳴ってばかりのおっ母さんが恐《こわ》いので、その現実から逃避したいという思いも強かったのだろう。

話を聞いていると、やがては自分で読みたくなる。カン坊は、富士見坂下の老夫婦が営んでいる本屋から、『赤本』を借りてきては、自分で読んでいた。ひとときき、普段と違う世界に触れるのが快感だったようだ。

赤本とは、今でいう児童文学書で、昔話やお伽噺《とぎばなし》、仏話を挿し絵などをまじえて、子供に読ませる本である。中でも、花山策伝《はなやまさくでん》という赤本作者の絵双紙が好きで、どの本もそらで言えるほど何度も読んでいる。

「母ちゃんは、論語を読めって怒るンだけどよ、子曰《しのたまわ》く、と聞いただけで眠くなっちまうんだ」

とカン坊は正直に言うのだった。カン坊の本当の名は勘助だが、十歳になるのに、いまだに周りは、カン坊と呼んでいる。

そのカン坊が、十兵衛の所へやって来て、「キツネ小僧に会わせてくれ」と頼んだのは、日照り続きの昼下がりだった。

人様の大切な友禅《ゆうぜん》や大島紬《おおしまつむぎ》を洗い張りするのは、細やかな神経を使う手仕事である。だが、そんなことは子供には分からない。屋根の上の干し場に、下駄のまま上がって来ると、キツネ小僧に会いたいと言うのだ。

キツネ小僧とは、花山策伝が書いた『狐《きつね》小僧と狸親父《たぬきおやじ》』という作品に登場する、強きを挫《くじ》き弱きを助ける義賊なのである。

「カン坊。キツネ小僧というのは、お話の中の人物だ。現実にはいないんだよ。だから、会うことはできないな」

　十兵衛がそう説明すると、カン坊は、

「そんなはずはねえ」

　とムキになって突っかかってきた。

「きっと、どこかにいるはずだ。だから、この江戸は平穏なんだ。おらたちも幸せに暮らせてるンだ。そう書いてあるじゃないか」

「だから、これは嘘《うそ》の話なんだ」

「嘘？」

「ああ。嘘というか……ま、そういうことだ」

「大人が子供に嘘をついていいのかい？」

「いや、そういう意味ではなくてだな。ほら、『宝湯』の二階でも、ほたる坂下の玄《げん》兵衛《べえ》じいさんや、だんだん横丁のハツばあさんが話してくれるだろう？　あれと同じだよ」

「玄兵衛じいさんやハツばあさんのは嘘じゃないよ。本当にあった話を聞かせてくれる。だから、この赤本も……」

十兵衛は困って、ゴシゴシと頭を掻《か》いていたが、物干し台から富士見坂通りを見ると、ぶらぶらと信玄袋を下げて来るさつきの姿が見えた。いつものように、椿《つばき》やら紫陽花《あじさい》やら幾つもの花柄を色鮮やかにあしらった派手な着物を着ている。

「よう、さつき！」

物干し台から声をかけると、さつきは、

「今日は仕事の話じゃないよ」

と笑顔を投げかけた。信玄袋には今戸焼《いまどやき》が入っているという。

今戸焼とは、隅田川沿岸の粘り強い土を使った焼き物で、江戸開府前から続く窯《かま》で作られている。火鉢や土鍋《どなべ》、瓦《かわら》といった暮らしに使う焼き物がほとんどだが、鼠《ねずみ》、馬、兎《うさぎ》などの干支《えと》をはじめとする狸、狐など動物、はたまた竜や河童《かっぱ》なども人形として作られた。縁起物や土産《みやげ》として広まったが、わずか一文なので、子供の玩具《おもちゃ》としても使われていた。

「十兵衛の旦那《だんな》のお友達たちに、あげようと思って。ほら」

と路上から、掌《てのひら》に載せて見せた。

「丁度いいところに来た。さつき、この子をキツネ小僧に会わせてやってくれ」

「いいよ」

肩すかしをくうくらい、あっさりと返事が返って来た。さつきの姿は、一旦《いったん》、軒下に消えたかと思うと、軽やかな足取りで、すぐさま物干し台まで上がって来た。

「うわあ、綺麗《きれい》だねえ……ちょっと上がっただけで……へえ、こんななんだあ」

見渡すと町々の甍《いらか》が連なっている。無秩序に広がる通りや路地の間を埋め尽くすように、鼠色の屋根が続いている。武家屋敷や寺社はさすがに立派だが、九尺二間《くしゃくにけん》に戸が一枚という裏店《うらだな》が多いこの界隈《かいわい》には、地面にへばりついて暮らすような雰囲気が似合っている。

そもそも江戸っ子は、衣食住は最低限を満たされればよいという考えである。ゆえに、『家は金殿にあらずといえども、漏れざればすなわち良しとす』という潔さがある。もっとも、じっと熱い湯に入る痩《や》せ我慢に近いのかもしれないが、月三百文ほどの店賃ならば、起きて半畳寝て一畳の暮らしもやむを得まい。

「坊、そんなにキツネ小僧に会いたいのかい？」

「うん」

「じゃあ、一度だけ、花山策伝さんちに連れて行ってあげる」

「ほんと!?」

カン坊は目を輝かせた。

「おいおい。そんないい加減なことを言って子供を騙《だま》すなよ」

十兵衛が心配した目を向けると、

「旦那は洗い張りをしてればいいの。さ、カン坊、行こう、行こう」

と、さつきは子供の手を引いた。

「待て、さつき、本当に知ってるのか？」

「うん。白鬚《しらひげ》の渡しの方に、お化け地蔵があるでしょ？　そのすぐ横丁に入った長屋に住んでいらっしゃるらしいよ」

「らっしゃる、か」

「実はね、私、花山策伝の贔屓《ひいき》なのよ。他にも沢山美しい物語を書いてらっしゃるでしょ？　たとえば、『お手玉地蔵』や『銀のうさぎ』それから『月を招く猫』……どれもこれも、子供だけに読ませておくには勿体《もったい》ない素晴らしい話よ」

「たしかにな……」

十兵衛もそれらの話を、まだ文字を読めない子供たちを集めて、読んで聞かせたことが何度もある。読んでいる自分が涙ぐんだり、笑ったりすることがあったほどだ。

思い立ったら吉日――。

十兵衛は、さつきからの差し入れの今戸焼の小動物を近所の子供に配ってから、さつきたちと一緒に花山策伝の長屋に向かった。

「実は俺も贔屓でな……この本に記名して貰《もら》って落款《らっかん》でも押して貰おうかな」

「あら、旦那も案外、〝流行《はや》り好き〟なんですね」

白鬚の通称『いたち長屋』に、花山策伝は住んでいた。

十兵衛はカン坊の手を引いて来たが、さつきは、胡散臭《うさんくさ》そうに見回した。それほど薄汚れた、とても当代屈指の赤本作者が住んでいる裏店には見えなかったからである。

突然、吹き荒れた風に、パタパタと激しい音が立ち起こった。見上げると、屋根の向こう側から、巨大な鯉のぼりが出現した。真鯉、緋鯉《ひごい》など……親子三匹を象徴するような立派な鯉のぼりである。

「うわああ！」

空を悠然と泳ぐ鯉に、カン坊は歓声を上げて、思わず駆け出して首を折るように見上げて、何度も凄《すご》いと声を発して手を叩《たた》いた。めったに見ることのない立派な鯉のぼりだ。

ただ十兵衛は、長屋に不釣り合いな鯉のぼりが、どうも釈然としなかった。しかも五月の節句はとうに過ぎている。真夏の盛りになって尚《なお》、掲げているのは何か意味があるのであろうか。そう思っていた。

近所の子供たちは慣れているのか、鯉のぼりを気にする様子もなく、井戸端や空き地で毬《まり》つきや石投げをして遊んでいる。

その中の小さな女の子が、毬をつき損ねて、それがころころと、長屋の一番奥の部屋の前まで転がった。

「あっ」

と声を出したが、誰もそこまで取りに行こうとはせず、立ち止まっている。子供たちはお互い顔を見合わせると背中を押し合い、おずおずと忍び足で盗みでもするかのように毬を取りに行った。

その時、長屋の扉が開いて、ぬらりと無精《ぶしょう》髭《ひげ》で生彩のない男が出てきた。三十過ぎであろうか。着物もだらしなく裾《すそ》が開き、帯もグルリと一巻きして、腰で結んでいるだけだから、ずるずると引きずっている。

男はトロンとした目つきで、おもむろに毬を拾うと、近づいた女の子に手渡すと思いきや、ポンとあらぬ方向に足蹴《あしげ》にした。毬は勢いよく長屋の屋根を越えて飛び、何度か弾んで、ずっと先の溝に落ちた。

「わあ……ひどいよ、ひどいよ……」

一人の女の子が泣き始めると、他の子もつられて弾《はじ》けるように泣き出した。

「うるせえ！」

怒鳴るなり、無精髭の男は傍《かたわ》らの天水桶《てんすいおけ》の水を柄杓《ひしゃく》で掬《すく》って、泣く子供たちの顔にぶっかけた。

「ちょいと！　何すンのさ！」

思わず、さつきは男に近づいて、柄杓を取り上げると眉《まゆ》を顰《ひそ》めた。

「わっ、酒臭ア……真っ昼間から、いいご身分ですね」

「フン」

鼻白んだ顔の無精髭男は、部屋に戻り、戸を閉めようとした。その入り口には、『花山策伝』と小さな表札がある。風雨にさらされて掠れているが、はっきり読み取れる。

閉めようとする戸に手をかけた十兵衛は、

「ここが花山策伝先生のうちか？」

「見てのとおり……」

と無精髭は表札をしゃっくりをしながら指して、「酒の差し入れにでも来たのか？」

「先生はご在宅か」

無精髭はニヤリと笑って、自分の鼻先を指した。

「うそ……まさか、あなたが!?」

さつきが仰天したような声を洩《も》らすと、無精髭は毒づくような目になって、

「こんなので悪かったな」

「い、幾らなんでも……子供にあんな仕打ちはないでしょうに」

「………」

「しかも、あなたは子供の本を書いてるンじゃありませんかッ」

花山策伝はサッと両手を突き出して、拒むように、さつきを軽く押しやると、

「私は誰とも言い争う気はない。関《かか》わり合いたくもない」

と戸を閉めようとするのへ、カン坊が駆け寄った。

「これ!」

と赤本を見せて、「何度も読んだよ。面白かったよ。これ、おっちゃんが書いたンでしょ?　キツネ小僧と友達なんだろ?」

カン坊はにこにこ笑いかけたが、策伝はからかうような口調で、

「残念でした。坊主みたいな幸せに恵まれた子は、一生、お目にかかれないんだよ。さ、帰った、帰った」

と十兵衛とさつきを舐《な》めるように見た。二人が夫婦者で、その子とでも思ったのであろうか。ケッと吐き捨てるように息を吐くと、バシッと力任せに戸を閉めた。

赤本を差し出したまま、カン坊は茫然《ぼうぜん》と立ち尽くしていた。

「やっぱり、病気や怪我《けが》をしないと、キツネ小僧には、会えないのかなあ……つまんねえなあ」

カン坊は会えないのが、まるで自分のせいであるかのように落ち込んでいた。十兵衛はそっとカン坊の肩を抱いて慰めようとしたが、さつきは憤懣《ふんまん》やるかたない思いを消せない。

「もう、なんなのよッ。あんな人が……あんな人が花山策伝だなんて！　ああッ、騙された気分！　腹が立つ！　さ、カン坊、帰ろう、帰ろう！」

さつきは閉じられた戸を一蹴りすると、カン坊の手を引いて、さっさと長屋の木戸口から出て行った。

十兵衛は溝に落ちている毬を棒で引き寄せて拾い上げると、子供たちに返してやって、ふと裏庭を見た。さっき見た鯉のぼりの支柱は、花山策伝の裏庭にあった。そばで見ると、すうっと天に伸びた、まさに長屋に不釣り合いな立派な鯉のぼりだった。

「何か、曰《いわ》くでもあるのか……」

青空に泳ぐ鯉のぼりを、十兵衛は不思議な気持ちになって、もう一度見上げた。

二

その夜、いたち長屋にボヤが起こった。町火消しが駆けつけて来て、素早く消し止めたが、火が起こった原因は花山策伝の部屋の煙草《たばこ》の火の不始末だと分かった。酔っぱらったまま寝たために、煙草盆に残っていた火が、文机《ふみづくえ》から滑り落ちた紙に移ったのである。

「ちょいと、気を付けて貰わなきゃ困るじゃないのさ」

「真っ昼間から酒は飲むし、子供たちにはうるさいと怒鳴るし、それで赤本の作者なのかね、まったく!」

近所の者たちは次々と激しく文句を言った。ボヤで終わったからいいものの、風が強い夜だったら大火事になっていたかもしれないのだ。長屋の住人は花山策伝の不注意に怒りを露《あら》わにしていた。

「そうだ、そうだ。下手すりゃうちの長屋だけじゃ済まねえぞ!」

「わざと火をつけたんじゃないだろうね」

「悪いと思ってンのか、このやろう！」

しかし、策伝にはまったく反省の色はない。鼻毛をブチブチ抜きながら、

「消えたんだからいいじゃねえか。燃えたのは弁償すりゃいいんだろ、弁償すりゃ」

と逆撫《さかな》でする言い草である。

「それが迷惑をかけた人の言い草かッ」

町火消し『十番組ち組』の頭《かしら》は、思わず策伝の胸ぐらを摑《つか》んだ。刺子火事半纏《さしこかじばんてん》の下の肌には、彫り物をしている者も多く、男伊達《おとこだて》を売りにしている町火消しだ。なまくらな奴《やつ》は、どうしても許せなかった。

「てめえ！　喧嘩《けんか》売ってンのか！」

「誰も消してくれなんて頼んでねえや」

「なんだと！」

頭は殴りかかろうとするのを必死に堪《こら》えて、

「付け火の証拠はねえが、聞きたい事は山ほどある。てめえは普段から素行がおかしいらしいからな。奉行所まで来て貰うぜ」

「町奉行所……」

さすがに町奉行所と聞いて後込《しりご》みしたのか、策伝は酔いが醒《さ》めたように目を見開い

た。が、火消しは町奉行の差配下である。不審火の疑いがあるときは、すみやかに届け出て調べなければならない。

「いいぜ、町奉行所だろうが、何処《どこ》だろうが、行ってやろうじゃねえか」

居直った策伝は平然と、まるで咎人《とがにん》が連れ去られる時のように、長屋の住人に悪態をついた。ふと振り返ると鯉のぼりがはためいている。それを一瞬だけ見上げると、苦々しく唾《つば》を溝に吐き捨てた。

数寄屋橋《すきやばし》御門内にある南町奉行所の表門をくぐったとき、策伝はひんやりとした感覚にとらわれた。玄関式台までの青板の敷石が打ち水で光っている。

「…………」

策伝はなぜか感慨深げに、じっと玄関を見つめていた。

「こら、こっちだッ」

同心に背中を押されて、玄関脇《わき》の通路に入れられた。詮議所《せんぎしょ》に通される前に、公事《くじ》人溜《にんだ》まりで、町火消し、ち組の頭とともに待たされるのだ。

お白洲《しらす》は白塗りの一間半の壁があるために見えないが、何やら激しいやりとりをしているのが分かる。

「あれは、南町奉行の榊原主計頭《さかきばらかずえのかみ》の声かい？　立派な透き通った声じゃねえか、なあ頭」

「大人しくしろい、バカ」

「バカとはなんだ。てめえみてえな町人に、そんな口を利かれる筋合いはないぞ。俺はこう見えてもな……」

と言いかけて口をつぐんだ。赤本作者がそんなに偉いのか、エッ！」

「こう見えてもなんだ。

「……なんでも、ねえや」

策伝はそっぽを向いて、白洲から洩れ聞こえる声を聞いていたが、『武蔵屋《むさしや》』という言葉に耳をそばだてた。

お白洲では――。

壇上の南町奉行榊原主計頭が直々に、白洲に控える札差《ふださし》の武蔵屋利兵衛《りへえ》を問い質《ただ》していた。

いかにも能吏の風格を持つ町奉行に対して、武蔵屋はまるで十八大通《じゅうはちだいつう》を地でいっているように、蔵前本多《くらまえほんだ》という髷《まげ》に結い、真夏だというのに黒小袖《くろこそで》をまとっていた。

「もう一度、尋ねるぞ、武蔵屋。奉行所の調べによると、米手形の扱いを増やす便宜をはかった勘定所役人がおる。その見返りに、賄賂《まいない》を渡した。その役人とは、勘定組頭の松坂主水《もんど》だと、おまえの店の番頭治助《じすけ》が証言しておる」

「治助の、そら言でございましょう」

「そら言？　何故、そう思う」

「半月ばかり前のことでございます。治助は悪い仲間に誘われて博打《ばくち》にハマりました。その金欲しさに、店の金子《きんす》に手を出してしまったのです」

「まことか？」

「わずか五両ほどの金とはいえ、商人《あきんど》としてやってはいけないこと。店の者への示しもあり、暇を出しました……その腹いせに、あらぬ話をでっちあげて、私を困らせようとしたのでございましょう」

「さような言い訳が通じると思うてか」

「言い訳？　そこまで、おっしゃるならお奉行様……」

と武蔵屋はやや気色ばんで、芝居がかった声で居直った。札差は幕府米を一手に扱っているいわば特権商人である。壇上にいる町奉行榊原主計頭の領地米も、武蔵屋が扱っている。その切米《きりまい》手形を担保に借金もしている。そのせいか、成金商人にありがちな不遜《ふそん》な態度丸出しで、

「さあ、お奉行様。証言をしたという、番頭の治助を呼んで下さい。私の目の前に連

れて来て下さいな。畏《おそ》れ多くも、そんな戯《ざ》れ事を、この白洲で言えるかどうか、ぜひ！」

「むろん、そのつもりだ」

榊原も毅然《きぜん》と武蔵屋を睨《にら》みつけて、「元は目付から発覚した事件だ。番頭の意見が嘘とは思えぬ。おまえは暇を出したと言うたが、その後の行方《ゆくえ》は分かっておらぬ」

「はてさて、暇を出した後のことまでは与《あずか》り知りません」

「率直に言う。おまえが何者かに殺させた節もある。何処をどう探しても、足跡すら分からぬのでな……」

「知りませぬ！」

武蔵屋はさらに強く答えた。

「それはおいおい調べるが……おまえが賄賂を渡した松坂主水は、御家人《ごけにん》でありながら、昇進吟味を合格して来た秀才で、いずれは旗本職の代官を任される逸材と聞き及んでおる。もっとも悪い噂《うわさ》もある……そのひとつが、おまえと繋《つな》がっているということだ。出世のために、おまえの金を利用したやもしれぬ」

「はて……」

「武蔵屋、おまえの店の大名や豪商への貸付金の額が異様に膨らんでいるのも気になる。年に二十万両とはいかにも多すぎる……まっとうでない証《あかし》だ」

「ご冗談を。私に疚《やま》しいことはございません。かような、お白洲に呼ばれるのも心外。私に何の罪があるのか知りませんが、冤罪《えんざい》は御免《ごめんこうむ》被りますよ、お奉行様……」

不敵な笑みを浮かべて見上げる武蔵屋は、おそらく勝算があるのであろう。目を逸《そ》らさず、町奉行をじっと見据えていた。

吟味が終わって控え室に戻る時、公事人溜まりを通って行くのだが、先に吟味や詮議を受けた者と顔を合わせないように、竹で編んだ壁が施されてある。だが、策伝が珍しいもの見たさに、お白洲の方へ近づいた時、丁度、武蔵屋が出て来たのだ。

武蔵屋と策伝は、お互いの顔を見て、一瞬にして凍りついた。

策伝はとっさに顔をそむけたが、武蔵屋は仕切の向こうに消えるまで、じっと睨むように見続けていた。

「武蔵屋……やはり札差の武蔵屋利兵衛だったのか……」

ぽつりと策伝が呟《つぶや》いたとき、役人に呼び出された。

白洲にではない。奥の詮議所にである。担当の与力に、火事のことをあれこれと聞かれたが、策伝は先刻までの反抗する態度ではなく、すっかり大人しくなって、何度も申し訳ないと反省の言葉を述べた。吟味することもないが、以降気をつけろと戒められて、解き放たれた。

奉行所から長屋に帰って来た策伝は、何かに怯《おび》えたように戸を閉め切ってしまい、徳利の酒を眠くなるまで浴びるように飲んだ。

三

ダダダンと激しく表戸を叩く音で目覚めたのは、翌朝、やっと明るくなった頃《ころ》のことだった。布団も掛けずに、文机に寄っかかって眠っていた策伝は、ドキンと胸が高鳴って、目が覚めた。

──ダダダン。ダダダダダン！

戸は激しく打ち鳴らされる。策伝はゆっくりと土間に降りて、

「……誰だ」

と、しっかり心張り棒を押さえたまま、低い声で訊《き》いた。返って来た声は、子供の声だった。男の子らしい。

「策伝のおっちゃん。おら、カン坊だ。キツネ小僧に会わせてくんろ」

「おっちゃん、お願いだ。母ちゃんに話したら、そんなもんはいやしない。大嘘のコ

ンコンチキって言いやがるんだ。でも、おら信じてる。キツネ小僧に会って、母ちゃんや、策伝のおっちゃんのことを嘘つきだと言う奴らを見返してやりてえんだッ」

策伝は心張り棒をはずして、そっと戸を開けると、カン坊を招き入れて、辺りを見回した。怪しい奴は誰もいない。しっかり戸を閉め直すと、

「おめえ一人か？」

「うん」

カン坊は素直にこくりと頷《うなず》いた。

「こんな朝早くどうした」

「だって、母ちゃんが起きちまったら、好きにあちこち行けねえから」

「心配しているぞ」

「そんなことはねえ。どうせ、おらは拾われた子だ」

「拾われた？」

「いっつも母ちゃんが言ってる。橋の下に盥《たらい》で流れて来たのを拾ったって」

「兄弟はいるのか？」

「ううん。おら一人だ」

「それは叱《しか》る時にだけ言うんだろ？　拾われっ子なんてのは嘘だ。おまえが一番、可

愛いんだよ」

「そうかなあ、恐いだけだけどなあ。いつもケツ叩かれるし、お灸《きゅう》を据えられる」

カン坊はあっけらかんと言ってから、「あっ、そうだ、そんなことより、キツネ小僧、何処にいるんだい？」

「だから、あれはお話の中だと言っただろ。それくらいのこと、もう分からないか」

「そう言わずに教えてくれよ」

策伝はほとほと呆《あき》れ返った。四つや五つの幼児なら、本の中の物事を信じても仕方がないが、十歳にもなってそう思い込んでいるのは、よほど心のどこかに傷があるに違いない。そう感じた。

「おらはね、おっちゃん……キツネ小僧は、十兵衛さんじゃないかと思ってんだ」

「十兵衛さん？」

「うん。うちの近所の洗い張り屋のおっちゃんだ。昨日、一緒に来てた」

「ああ……」

「いつもよく遊んでくれるし、お侍なのに優しいし……違うの？」

策伝は、十兵衛のことをさほど覚えていないので曖昧《あいまい》に頷くと、カン坊はしがみついて一体誰なのか、しつこく訊いた。策伝はいい加減うんざりして、

「だから、それはだな……お話の中のことでな……」

「いるもん！　絶対にいるもんね！」

「そこまで言うなら……ついて来い」

策伝はげんなりした顔で、表に連れ出した。

長屋から、四半刻ほど歩いた所に、掘割にかかる橋がある。見返り橋と呼ばれるその橋は、千住《せんじゅ》宿に行く裏道で、その先にはほんの二、三町の間に安宿や居酒屋が並んでいる。深川にも行けないような安い岡場所《おかばしょ》として、近在の者に知られていた。

「いいか、小僧。この橋を渡ってしばらく行って右手へ曲がると、小さな祠《ほこら》がある」

「うん」

「そこには、おキツネさんを祭ってあるから、その前に座って、コンコンて鳴く真似《まね》をしていたら、現れる」

「ほんとに!?」

カン坊が目を輝かせるのへ、策伝は続けて、

「いいか、一度や二度じゃだめだ。現れるまで何度も繰り返す。その一途《いちず》な思いが通じれば、必ずキツネ小僧は出て来るから、しっかり拝むんだぜ」

「ほんとに、ほんとだね！」

「ああ、本当だ」

「小さな祠だね！　やった、やった！」

嬉《うれ》しそうに橋を走って行くカン坊を、策伝は呆れた顔で見送っていた。ぴょんぴょんと兎のように跳ねながら駆け去って行く、その小さな後ろ姿を眺めていて、一瞬、ためらったが、

「まったくよう……手間のかかるガキだぜ……どうなったって、知るか」

と溜息《ためいき》をついて踵《きびす》を返した。

橋を越えると、道端にはやくざまがいの男たちや娼婦《しょうふ》たちが、まだ朝っぱらなのに、何をするでもなくたむろしている。宵越しで遊んだ客を見送っている女もいる。この町に入った者はなぜか、必ず来た橋を振り返るという。少し後悔をしながら渡ることから、見返り橋とついたらしいのだが、まさに苦界《くがい》に繋がる悪しき道だった。

そんな町中を年端もいかない子供が歩くことは、まさに場違いだった。中にはタチの悪い人さらいの類《たぐい》がいるかもしれない。だが、カン坊にとっては、キツネ小僧に会える夢の町である。周りの世間と隔絶した異様な様子など子供に分かるはずもなく、

「キツネさん、キツネ小僧さん」

と嬉しそうに駆けて行った。

江戸の朝炊きという。まだ薄暗いうちから、御飯を炊くのだが、カン坊の長屋では、それどころではなかった。

「子供がいない！」

と大騒ぎになっていたのである。

「落ち着け、おかねさん。カン坊はしっかりした子だ。大丈夫、そのうち帰って来る」

駆けつけた十兵衛は、母親のおかねの高ぶった気持ちをしずめようとしたが、

「だって、こんなことは初めてだ……黙って出てくなんて、そんなことはしたことがないんだよ……何かあったんだ、何か……」

と、おかねは胸を掻きむしるようにオロオロしている。いつも怒鳴ってばかりのおかねが狼狽《ろうばい》する姿を見るのは、近所の者も初めてだった。

十兵衛は、母親の気持ちを汲《く》んで、近所の男衆や自身番の番太、火消しの連中らも繰り出させて、カン坊の行方を探した。もちろん、『洗い屋』の面々も手を貸した。

しかし、一刻《いっとき》（二時間）しても二刻《ふたとき》しても子供の行方は杳《よう》として知れなかった。朝早く出たとしても、蜆《しじみ》売りや豆腐売りなどは、あちこちに出歩いているはずである。

誰かが見ていても良さそうだが、富士見坂界隈《かいわい》では目に止めた者がいないのだ。

「そうだッ。キツネ小僧かもしれない」

おかねが閃《ひらめ》いたように口走ると、十兵衛はエッと振り向いた。

「旦那があんな所へ連れてくからだよ」

「…………」

「噂じゃ、付け火までしたってじゃないの。赤本を書くような人なのに、大の子供嫌いだって話よ。そんな人の所に、旦那がのこのこ連れてったりするから、うちの子が本気になっちゃったんじゃないの！」

「家でもキツネ小僧の話を？」

「毎日毎晩、その話ばっかりよ。江戸を守ってくれてるのは、キツネ小僧様だ。俺も大きくなったら、キツネ小僧のように、強くて優しい人になるって！」

カン坊の心の中に、正義感が芽生えているのは確かなようだが、まだ現実と夢の隙《すき》間《ま》を埋めることはできない年頃だ。

キツネ小僧に拘《かか》わっているのだから、思い余って訪ねたかもしれないというのだ。

十兵衛もそう思って、策伝の長屋まで急いだ。

長屋の住人の話では、策伝はどこかへ出かけたまま帰っていないという。

「これくらいの男の子が、策伝先生を訪ねて来てはいないかな」

十兵衛は長屋の連中に訊いて回ったが、誰も見ていない。ただ、隣りの者が、早朝、激しく表戸が叩かれていたのを聞いている。

「それかもしれない」

策伝は昼間から飲み歩くことがあるという。行きつけの店を、十兵衛とさつきは手分けして回ったが、何処にも姿は現していなかった。だが、策伝と十歳くらいの男の子が一緒に歩いていたのを見ていた魚売りがいた。この魚売りは、策伝と飲み屋でよく顔を合わすという。

「ああ、見たよ。策伝さんだろ？　河岸から帰って来る時に、この道を向こうに……見返り橋の方へ行くのをちらりと見た。こんな早い刻限にどうしたんだろうと思ったんだがね。ありゃ策伝さんの子じゃなかったのかい」

「いや……妙だな、一体、何処へ」

「さあね。あの人は取っつきにくいからな、声もかけなかったけどよ」

十兵衛は聞いた道を駆けて、カン坊を探し続けた。

行く手に、見返り橋がある。

橋の向こうは、真っ昼間だというのに、まるで日が落ちた後のように、酔っぱらいがクダを巻いて大暴れしており、女郎たちの卑猥《ひわい》な笑い声がキンキン響いている。酒と淫靡《いんび》な臭《にお》いが、川面《かわも》を越えて漂って来そうであった。

「まさかな……幾らなんでも、あんな所へは連れて行くまい……」

十兵衛は橋の袂《たもと》で、しばし佇《たたず》んでいた。

その頃、狐を祭る小さな祠の前では、カン坊が、まるでお百度参りでもするかのように、「どうか現れて下さい、キツネ小僧さん。お願いします、キツネ小僧さん……」とグルグル回りながら、何度も何度も繰り返していた。それを見ていた女郎屋の遣《や》り手婆《てばば》が声をかけた。何度か、通りかかったのだが、朝からずっと一心不乱にやっているのが気になったのである。

「坊。見かけない子だが、何処の子だい」

「谷中富士見坂」

「そんな所から？　おとっつぁんやおっかさんは一緒じゃないのかい」

「ううん」

と首を振って、「キツネ小僧さんに会いに来たんだ。でも、なかなか出て来てくれないんだ」

「キツネ小僧？」

遣り手婆は知らない話だ。てっきり、おつむのおかしい子供だと思ったのであろう。からかうように笑うと、

「なんだい、そりゃ。キツネ小僧なんて、こんな所にはいやしないよ」

「え？　じゃ、何処にいるの？」

「知らないよ。ここは、ただの稲荷《いなり》だ」

「いなり……？　これは、キツネ小僧さんの、おうちじゃないの？」

と小さな祠を指さした。

「どうでもいいから、とっとと帰りな。こんな所にいると、悪い奴らにさらわれちまうよ。遠くに連れて行かれたって知らないよ」

「遠くって、どこ？　キツネ小僧さんのいる所？」

「あんた、バカかね。とにかく、こんな所で、そんな真似をされてちゃ商売の邪魔だ。あっち行きな」

「やだい！　おら、キツネ小僧に会うまで、ずっとお願いするンだ！」

ガキ大将のカン坊である。大きな声を上げて抗《あらが》うと、遣り手婆は近くの女郎屋の店先でたむろしている牛太郎《ぎゅうたろう》に目配せした。牛太郎とは女郎屋の用心棒兼下働きである。

「聞き分けのねえガキだ。ちょいと痛い目に遭わせて、二度とこんな所に来ねえようにしてやんな」

牛太郎に襟首を摑まれたカン坊は、

「放せ、このやろう！　キツネ小僧が黙っちゃいねえぞ！」

と叫んで足をバタつかせた。そして、必死に暴れながら、牛太郎の腕を嚙んだ。思わず手を放した牛太郎は、怒りを露わにして、とっさにカン坊の頰をバシッと叩いた。

「うわあ……痛えよ……うわあああ！」

大声を上げて泣き始めると、牛太郎は益々逆上したように腕をギュッと摑んで、わざと怒声を上げて脅した。

そこへ、策伝が小走りで駆け寄って来た。放って帰ったものの、やはりずっと気になっていたのである。

「ま、待ってくれ」

ギロリと振り返った牛太郎は、袖をめくって嚙まれたばかりの歯形を見せながら、策伝に迫った。

「てめえは、このガキの親か」

「いや。そうじゃないが……知り合いの子だ。すまん。ちょいと、その辺で遊んでてな、目を放してしまった」

と謝ったが、牛太郎はむんずと策伝の胸ぐらを摑んで、

「見ろよ、この傷をよ。どうして、くれるんだ、エッ」

「子供の歯形だ。すぐに消える」

「ふざけんじゃねえぞ、おい！　見ろ、真っ赤に腫《は》れてンじゃねえか！」

力任せに揺さぶられた策伝は、気弱げな目になって、

「分かった。これで酒でも飲んで、気を取り直してくれ」

と懐から財布を出して、そのまま渡した。中には三両ほど入っている。

「ほう。見かけによらず、豪勢じゃねえか。遠慮なく貰っとくぜ」

そう言うと、砂を蹴散らす真似をして、遣り手婆とともに女郎屋の中に消えて行った。

カン坊は策伝の様子を見ていて、

「なんだよ、カッコ悪いな。キツネ小僧だったら、あんなのバシッと一発で……」

「おっちゃんは弱虫なんだよ」

「弱虫？」

「ああ。だから、キツネ小僧に頼ってばかりいるんだ」

「…………」

「でも、カン坊とやら、おまえは強いンだから、キツネ小僧なんかあてにしちゃならない。人を頼らないくらい強くならなきゃな」

「うん……」

分かったのか分からないのか、カン坊は残念そうに稲荷の祠を振り返ると、

「キツネ小僧は、本当はどこにいるの？」

と問い返した。

「よしよし……今日は帰ろう。キツネ小僧は忙しくて留守なんだろう。江戸にはあちこちに悪い奴らが一杯いるからな」

策伝はカン坊の気をほぐすと、しゃがんで背中を見せた。

「おんぶして帰ってやるよ。さ……」

「帰ったら、母ちゃん、怒るだろうなア」

「大丈夫だ。俺がついてる」

「ケケッ。全然、頼りにならねえや」

背中で笑うカン坊の重さに、策伝は思わず腰を上げそこなった。

「おまえ、十歳と言ったな」

「ああ、そうだよ」

「こんなに重いものなのか、こんなに……」

「おら、まだ軽い方だぜ。しっかりしてくれよ、おっちゃん」

二人はまるで親子のように、猥雑な通りの中へ消えて行ったが——そんな策伝の姿を、編笠《あみがさ》の侍二人がじっと目で追っていた。

四

「あの男か……」

「ああ。立花伊三郎《たちばないさぶろう》だ。以前、勘定所にいた」

「確かか」

「間違いない」

「妙だな……奴は世捨て人同然に江戸を離れたはずだが」

「やはり、武蔵屋が言うとおり、我々のことを探っているのやもしれぬな……町奉行所に武蔵屋が呼ばれ、そこへ、あやつがいたのも気になる……」

「斬るか」

編笠の侍二人は、お互いそう呟きながら、策伝の後を尾《つ》けていた。

策伝は、見返り橋に戻って、渡り切ったところである。周りを見ると人影はない。一気に斬り殺すつもりで、編笠二人はじわじわと背後から近づいた。

「子供もか」

「うむ。騒がれては困る。急所を突け」

音もなく間合いを詰めて、編笠たちが刀の鯉口《こいぐち》を切った時である。

ふいに、横丁から十兵衛が現れた。

「やはり、おぬしの所へ来ていたか」

と言いつつ、ちらりと背後に近づいてきた編笠に目を向けた。編笠二人は鯉口を戻すと、素知らぬ顔で、十兵衛たちの前を通り過ぎて、そのまま川沿いの道を歩き去った。それを別の路地から見ていたさつきはそっと尾けた。

「十兵衛のおっちゃん！」

カン坊が十兵衛の顔を認めると、バツが悪そうに微笑《ほほえ》んだ。

「おっ母さんが心配して泣いてるぞ」

「嘘だ」

「本当だ。どうせキツネ小僧を探してたのだろうが、親に心配かけちゃいかんな」

十兵衛とさつきは実は、既に稲荷神社の前にいたのを見つけていたのである。策伝が、牛太郎に言いがかりをつけられて金を払ったのも、一部始終見ていた。だが、編笠の侍たちも策伝の様子を窺《うかが》っているのを目にして、十兵衛らは密《ひそ》かに張っていたのである。

「あの編笠は、おまえを狙《ねら》おうとしていた」

「えっ……」

策伝が振り向いたときには、編笠たちは既に路地の中へ消えていた。

「心当たりはないのか?」

「そんなものはない」

「……奴らには殺気があった。本当に身に覚えはないのか?」

ほんの僅《わず》か、策伝は目を曇らせたが、

「ないね。人様に怨《うら》みを買うくらいなら、まだ生き甲斐《がい》があるってことだ……あ、いや、俺の長屋じゃ、みな俺を怨んでるか」

自棄《やけ》気味に微笑むと、策伝はカン坊を背中から降ろして、

「迎えが来たのなら、もう安心だ……二度とキツネ小僧なんぞを探させないことだ」

と十兵衛に子供を押しつけると、逃げるように立ち去っていった。

「あっ、おっちゃん！　約束はどうするんだよう！」

カン坊は声をかけたが、策伝は振り返りもしなかった。

十兵衛はカン坊を家に送り届けてから、改めて、いたち長屋を訪ねた。初めて会った時から、策伝の態度が気になっていたからである。

「キツネ小僧に会える。カン坊はおまえにそう言われて、あんな危ない所に一人で行ったと話した。一体、どういう了見なんだ」

「だから、あのガキが……」

と何か言い訳をしようとしたが、面倒臭そうにそっぽを向いて、「ま、いいじゃないか。無事に帰って来たんだからよ」

「どうして、そうなんだ!?」

十兵衛は強く責めるように言った。

「火事の時もそうだったらしいな。消えたからいい、それで済む話じゃない。責任を感じないのか。人として恥ずかしくないのかッ」

風が強くなったのか、ガタガタと立て付けの悪い障子戸が揺れた。十兵衛は風のことなど気にせず、さらに凝視して続けた。

「見たところ、あんたは、元は侍のようだな……図星だろ。俺には分かるよ、同じ侍だからな。なぜ、浪々の身なのか、それは武士の情け。聞きはすまい。だがな、あんな素晴らしい物語を書くのに当人がこれじゃ……まるで人様を欺いているようなもんじゃないか」

「欺く……それで本望だよ」

「おまえを襲おうとした編笠、本当に心当たりがないのか？」

「ないね」

「隠していることがあるんじゃないか？」

十兵衛が注意深く訊くと、策伝は鼻で笑った。

「なんだ、あんた。今、なぜ浪々の身か聞かぬと言ったばかりじゃないか。そもそも、あんたに身の上話を、なぜしなきゃならないんだ」

「カン坊の願いだからだよ」

「あのガキの？」

「あの子だけじゃない。おそらく、数えられないくらい大勢のな」

十兵衛の言わんとすることを察して、策伝は溜息混じりに俯《うつむ》いた。赤本作者が品行方正で、心優しい人間であるという幻想を持たれることには辟易《へきえき》しているのだろう。

「おまえを襲った編笠の仲間であろう……この長屋の周辺にも、うろついている」

「あんた、俺を脅してるのか？」

「心配してるのだ。あの編笠の一人は、札差の武蔵屋に行ったらしい」

編笠の侍の事が気になった十兵衛は、さつきに後をつけさせていたのだ。

「武蔵屋……!?」

策伝は明らかに凝然と目を剝《む》いた。

「知っているのか？」

「いや別に……だから、なんなんだよ。それこそ、俺が誰に殺されようが、あんたに関わりないだろう」

「なぜ、そう自棄《やけ》になる」

「世の中とは、……そんなもんだろうが」

「あんたは、支配勘定だったらしいな、幕府勘定所の」

策伝の顔は少しひきつって十兵衛を見た。

「なぜ辞めたんだ？　しかも公儀の秘密費を扱う大事な役職だったそうではないか。働きぶりも真面目《まじめ》だったと聞いているが？」

「それが何なんだ」

「どうして辞めたんだ」

「役人が性に合わなかったからだ……おい、どうして、そんなに俺のことを調べているのだ。おまえ、まさか武蔵屋の……」

十兵衛はきっぱり否定して、

「いや。おまえを狙っていたのは、武蔵屋の雇っていた用心棒だ。もう一人は、おそらく勘定所の役人だろう」

聞いていた策伝に緊張が走った。その目をじっと見据えて、

「奉行所で聞いた話だが、行方不明の武蔵屋の番頭……治助が土左衛門《どざえもん》で見つかったそうだ。甲州の笛吹川の河原でな」

「甲州……？」

「酒を飲んで足を滑らせたとのことだが……何かの口封じのために殺されたというのが、もっぱらの噂だ」

策伝は明らかに動揺していた。十兵衛はその表情を見て、畳み込むように訊いた。

「あんたが勘定所を辞めたのは、公金を横領したからじゃないのか」

「ど、どうして、そのことを！」

「人の口に戸は立てられぬ。勘定所では内々に処理したようだがな」

「百両の大金を横領したのがバレて、役人を辞めさせられたのは事実。だから、しが

ない物書きをして糊口《ここう》をしのいできたんだ。分かるだろう」

「百両もの大金は何に使ったんだ」

怪訝《けげん》に感じた策伝は、十兵衛をギロリと睨んで、

「おまえ、一体、何者なんだ？」

と言うのへ、十兵衛は目を逸らさない。

「今は詳しくは言えぬが、俺は武蔵屋番頭の治助を救おうとした者だ」

「………」

「なのに、逃げたはずの甲州で、何者かに殺された……根が深いという証《あかし》なんだよ」

十兵衛は、その真相を追求するかのように、策伝を問い詰めた。明らかに策伝は、何かを知っている素振りだった。だが、何も語らず、かといって勿体つける様子もなく、

「どうでもいいことだよ。あんたが誰かは知らないが、百両着服したことで、死罪にしたければ、打ち首でも獄門でも、お好きにどうぞ、とくら」

「そうかい。じゃ、治助が話していた、武蔵屋と勘定組頭の松坂主水が裏で繋がっているという事も、一切知らないのか？」

「さあね。何のことだかサッパリ分からないね……月丸十兵衛さんとやら、あんたも

つまらないことで命を落とすかもしれんぜ。気をつけた方がいい」

もう何も話さぬとばかりに、策伝は十兵衛を睨み据えて、長屋から押し出した。

その時、バサバサと重々しい布がはためく音がした。屋根の上で、悠然と風になびく鯉のぼりが見えた。古くは戦場に掲げられる旗指物《はたさしもの》の幟《のぼり》を五月の節句に立てたらしい。それに負けぬ、みごとな鯉のぼりを、十兵衛は背中を反らせて見上げると、

「この音がうるさいから、近所の者に降ろせと言われているらしいな。節句を挟んでしばらくならよかろうが、どうして真夏にまで揚げているのだ？」

「……答えたくない。さ、もう俺へのお節介はいいだろう」

策伝に表戸をビシッと閉じられたが、十兵衛はしばらく三匹の鯉を見上げていた。

五

その翌日も、カン坊は策伝を訪ねて来た。部屋の中が散らかっているから、片付けるという。これでは、まるで押し掛けである。

だが策伝は昨日のように無下には拒絶しなかった。部屋に入って来るなり、カン坊は甲斐甲斐しく、敷きっぱなしの布団を畳み紙屑《かみくず》を拾う、子供らしい懸命さに心が和《なご》

んだのである。

「……こんな所に来ちゃ、また、おっかさんに叱られるぞ」

「知ってるもん」

「え？」

「キツネ小僧はお話の中のことだって、母ちゃん、きちんと教えてくれた。そんでもって、キツネ小僧は、策伝のおっちゃんのこの中にいるって」

と胸をポンと叩いた。

「そうか……心の中にな」

「それに、おら、捨て子じゃないって」

策伝は、カン坊が自分なりに納得し始めたと察した。

目に見えないもの、例えば熱い思いを否定されたら、人は悔しかったり腹が立ったりするものである。キツネ小僧は現実にはいないことを、子供なりに認めたのかもしれない。

「うちにもあるよ、こういうの」

と小さな仏壇の前に立って、位牌《いはい》を指した。そして軽く合掌《がっしょう》してから、

「これって、おらたちを見守ってくれてるんだよね」

「え、ああ……」

「うちのは、父ちゃんのなんだ。父ちゃんはおらが小さいときに死んだけど、ここにいるんだって」

と、また胸を叩いて、「キツネ小僧と一緒だね」

策伝は己の過ちに気づいた。カン坊はキツネ小僧は現実にいないと納得したのではない。人々の心のどこかにいるものだと確信して、承知したのだ。

「偉いな、坊」

「え？」

「おっちゃんも初めて気づかされたよ。ここに、この胸の中にあるんだな、大切なものは、みんな」

策伝はそう言うと、カン坊の鼻水と泥で薄汚れた顔を見つめた。カン坊もなんだか照れ臭そうに笑うと、

「あ、そうだ。お掃除、お掃除。これからも、キツネ小僧をこっから出して貰わないと」

と傍らの箒《ほうき》を掴むとセッセと裏庭に埃《ほこり》を掃き出しながら、唐突に訊いた。

「おっちゃん、どうして御本を書いてるの？」

「え？……さあ、どうしてかな」

戸惑う策伝の顔を見るともなく見ていたが、そのあっけらかんとした様子に、

「どうしてだろうな……おっちゃんも分からないや」

と曖昧に微笑みかけた。

「もっともっと書いてね。そのためには綺麗にしなくちゃ」

そんな様子を――。

裏の垣根越しに、菊五郎が見ていた。カン坊がこの長屋を訪ねたのを知った十兵衛が、二人の警護を頼んだのである。

「まったくよう……尻拭《しりぬぐ》いは御免だぜ」

とは言うものの、洗った番頭治助を消した奴は探し出して決着をつけなくては、『洗い屋』として失敗を認めたことになる。元勘定所役人の策伝こと、立花伊三郎の横領と、治助の死はどこかで繋がっている。その十兵衛の勘を信じて、敵が馬脚を現すのを待っていた。

菊五郎は仲良く掃除をしている二人を見て、

「さつきや十兵衛の旦那が言うほど悪い人間じゃなさそうだ……斜に構えているが、奴は赤本に書いているような、優しい男かもしれねえな」

と心の中で呟いていた。

十兵衛が、勘定所勤めの役人に会うために、九段坂下の組屋敷を訪ねたのは、その日の昼下がりのことだった。赤本を差し出された元同僚は、

「へえ……この本の作者が立花伊三郎とはな。私にも子供がいるから、読んでやったことがありますよ」

と感心した。十兵衛は策伝と同じ年輩の役人に、どんな人柄だったかとか、役所での勤務ぶりなどを尋ねた。

「勘定所で一番の堅物と言われて、愚直なくらい真面目一徹な役人でしたよ。あんな事があるまではね」

「あんな事?」

「かみさんに、やや子ができましてね……おしどり夫婦だったけれど、子宝にはなかなか恵まれなかった。それがやっとのことで授かったのに、五年程前のある日……」

坂道から大八車が暴走して来て、策伝の女房のおみよに激突した。おみよは毬のように弾き飛ばされた上に、車輪の下敷きになって何間も引きずられ、坂下の茶店の軒柱に当たった。

「長い間、生死の間をさまよったけれど……お腹の赤ん坊だけは助かるかもしれない。医者にそう言われて、蘭方医《らんぽうい》が何人か集まって手術をした……けれど、助からなかったんですよ。可哀相《かわいそう》にね」

すぐそこの組屋敷からほど近い坂だという。

「それからですよ、人が変わったのは……」

「変わった……」

「ええ。役所には来ていましたよ。でも、仕事も適当にやり、刻限が来ればさっさと帰り、人づきあいもしなくなりました。もちろん、私ともね……いつしか、役所も休みがちになったかと思ったら、すっかり来なくなった。後で聞いたら、百両もの公儀の金を着服していたとか……上司の松坂様の温情で切腹だけは免れたようですが、当然、組屋敷にもいられなくなり、ある日、ぷっつりと姿を消してしまいました」

「そうだったのか……」

「でも、私にはまだ信じられない」

と元同僚の役人は悲壮な顔つきになって、「あの堅物の立花が公金横領など……たしかに身籠《みご》っていた妻を失った悲しみは、痛いほど分かる。だからといって、平気で不正をするような奴じゃなかったはずだ」

「…………」

「人は変わる……そう言われれば、それまでですがね」

しみじみと語る男に礼を言って、十兵衛は、もう一度、策伝を訪ねてみようと思った。どうしても、話しておかなければならないことがあるのだ。


十兵衛が、いたち長屋を訪ねた時、木戸口や裏庭の垣根の周りに、ならず者風の男が三、四人いるのを見かけた。そのことは既に、張っていた菊五郎も気づいていて、もし策伝に危害を及ぼそうとすれば、直ちに叩き潰《つぶ》すつもりであった。

だが……十兵衛がぶらりと来たので、ならず者たちは、何もせずに長屋の方を見ているだけであった。

カン坊を菊五郎に家に送らせた後、十兵衛は策伝を飲みに誘った。

「あんたは何者かにずっと張られている。おそらく武蔵屋が雇ったならず者だ」

策伝はまったく気づいていなかったらしい。驚いた顔をしたが、もうどうでもよい、と諦《あきら》め切った態度で、

「そういうことか……ふん。とどのつまりは、なるほどね……そういうことか」

と策伝は独り言を繰り返していた。

ならず者たちに尾けられて、話を聞かれてはまずい。十兵衛は、根津神社の参道前にある小料理屋『蒼月《そうげつ》』に誘った。

途中、後ろから何気なさそうについて来たならず者たちに、路地からヌッと出て来た半次がわざとぶつかった。

「なんだ、このデブ！」

相手がいきり立つと、半次は間髪入れず殴り飛ばし、三人をまとめて、ボコボコに蹴り上げた。黙々と張り手と膝《ひざ》で怪我をさせた半次は、

「こっちは腹が減って気が立ってンだよっ」

と吐き捨てて立ち去った。ならず者たちは、何がなんだか分からないうちに気絶していた。もちろん十兵衛の仲間と思ってもいないであろう。

蒼月の主人の茂吉《もきち》は、十兵衛が洗い屋という裏稼業を持っているとは知らないはずだ。だが、いずれにせよ、洗い張りが本業のまっとうな浪人とも思っていないだろう。余計な事を一切語らず、聞こうともしない。ゆえに大概の話をしたところで困ることはないのだ。

鯵《あじ》のなめろう、鰹《かつお》のたたき、出来立ての鯛《たい》そうめんなどに箸《はし》を伸ばしながら、十兵衛は策伝に酒を勧めた。

「この店は酒も料理も、とことん美味《うま》い。俺の奢《おご》りだ。好きなだけ食べてくれ」

　茂吉とは親子ほど年の離れた女房の小春《こはる》が、今朝、河岸に上がったばかりの魚貝を笊《ざる》に載せて見せに来た。浜鯛、ハモ、ヒラマサなどはまだ生きているような目玉だ。焼いたり煮たり、包丁さばきは主人に任せて、十兵衛は灘《なだ》からの下り酒を飲んでいた。

「奢られる謂《いわ》れはねえや」

　策伝はそう毒づきながらも、何杯もぐいぐいと飲み、あっという間に銚子《ちょうし》五、六本がなくなった。

「俺もあんたの本をよく読み聞かせるんだ。近くの湯屋の二階でな」

　と十兵衛は目の前に情景を思い出すように語った。

「大人の俺たちもジンと来る。『お手玉地蔵』の、旅人と賭《か》けでやるお手玉のところなんか、子供たちは跳び上がって笑うし、『銀のうさぎ』、あの最後は恩人のために自ら雪の中で死んでいくところなんざ、みなボロボロ涙を流してな……まるで自分のことみたいに」

「………」

「あんたの書く赤本は、子供も大人も関わりねえ。誰の心も洗ってくれる」

「ふん。食うためにやってるだけのことだよ……たまたま版元が乗ってくれただけでね、別に好きでやってる訳でも、人様のためでもないよ」

と策伝はぐいと酒をあおった。

「いや……そうじゃないだろ。己に起こった不幸を乗り越えて、人様の心を慰めるなんてことは、並大抵のことじゃできめえ」

十兵衛の言い草に、策伝は杯を置いて、首を傾《かし》げた。小春が運んで来た人肌の銚子を受け取って、

「ひょっとして、赤本を書いたのは、妻子への供養のつもりではないのか？」

と十兵衛は注《つ》いだ。

「え……!?」

「そして、あの立派な鯉のぼりは、生まれて来るはずの子供への思い……」

余りにも立派過ぎる鯉のぼりのことが、十兵衛は初めて見たときから気になっていたと話した。

「あの鯉のぼりは、大漁旗を作る職人が作ったものだろう。なかなかあれだけのものはない。値も相当するはずだ。それこそ大身の旗本の屋敷にでも揚げるような豪華な鯉のぼりだ」

「……俺みたいな浪人には相応《ふさわ》しくないと？」

「そういう意味ではない」

鯉のぼりはまず紅で下絵を描いて、糊《のり》を塗り、大豆を潰した豆汁《ごじる》で下染めをしてから、柿渋や墨で丁寧に鱗《うろこ》を染めていく。幾つもの工程を丹念に繰り返し、その度に天日干しにし、さらに染めを重ねる。布の質や縫い方のありようで、泳ぎ方も変わって来る。優雅で勇壮な鯉のぼりを作るには、加賀友禅《かがゆうぜん》や西陣織を凌《しの》ぐ匠《たくみ》の技と工夫がなければならない。

「俺も、洗い張り職人の端くれだ。一目で、凄いものだと分かったよ」

と十兵衛が、鯉のぼりのことを誉《ほ》めると、策伝はまんざらでもない顔をしたが、近所の者には咎められっ放しだと不満を漏らした。季節外れの鯉のぼりだ。風が吹けば、はためく音は生半可ではない。筑波《つくば》おろしを受けて、夜中にバタバタと泳がれては、そりゃ住人にはたまらぬであろう。

「事故に遭ったそうだな」

優しい目で十兵衛が酒を勧めると、策伝は戸惑ったように杯を差し出したが、ぐいと飲み干すと、少しだけ緊張が解けた。

「あのカン坊だって父親を……」

父親がいないから、ふだんから十兵衛と遊びたがるのだ。

「ああ、知ってるよ……あんな小さなガキが明るく頑張ってるのに……」

ともう一度、酒を手酌で飲み、「俺ときたら、女房と生まれて来るはずの子供を亡くしてから、ずっとこんな顰《しか》めっ面だ。世間が俺の赤本が素晴らしいとか美しいとか言えば言うほど、己が嫌になってしまうんだ……二人を助けられなかった、この情けない己がね」

策伝は悔しそうに拳《こぶし》をギュウと握り締めた。一瞬にして拳が真っ赤になるほどだった。

「助けられなかった？」

と十兵衛は問い返した。

「まるで、自分のせいみたいだな」

「私のせいなんだ……」

項垂《うなだ》れて拳を握り締めたままの策伝に、十兵衛は優しく問いかけた。

「ひょっとして……ただの事故ではなかったのか？」

「…………」

「もしや、元上役の松坂主水と関わりがあるのか？　いや、その上の勘定奉行とも」

策伝は凝然と十兵衛を見つめ返した。

「あるのだな……」

札差の武蔵屋の賄賂事件に関して、勘定奉行にも不審な動きがあったことは、十兵衛は前々から知っていた。それゆえに、町奉行が動いていたことも。

策伝は不思議そうに見やったが、十兵衛は丁寧に話した。

「治助だよ、武蔵屋の番頭の話は、前にも少ししたな……」

「ああ……」

「治助は俺たちが、洗ったんだよ」

「洗った……」

しばらく唖然《あぜん》としていたが、策伝はギョッとなって怖々《こわごわ》と十兵衛を見た。『洗い屋』という裏稼業があることは、策伝も聞いたことがあるらしい。だが、その素性を明らかにするということは、自分の身が危ういのではないかと、咄嗟《とっさ》に判断したようだ。

ハッと身構えた策伝の肩を、十兵衛はそっと押さえて座らせて、

「こんな事は一度もなかったことだ。洗った者が殺されるなんてことはな……治助は、余程、権力を握っている奴か、裏社会と繋がっている者に狙われたに違いあるまい。それほど治助は、重要な事柄を知っていたということだ」

十兵衛が酒を注ぐと、策伝は小さく震える指先でつまんだ杯をもう一度、毒でもあ

おるようにぐいと飲んでから、ぽつりと言った。

「……私は、前々から気づいていたんだ……松坂の横領に」

「!?」

「直属の上役の事だからな、多少は目をつむっていたんだが……」

策伝の瞳《ひとみ》にはめらめらと燃えたぎるような血潮が溢《あふ》れてきた。充血したように赤くなるのを、十兵衛はじっと見ていた。

六

五年前の五月の節句が迫った頃だった。

策伝こと、立花伊三郎が、勘定所の御金蔵の金子を調べたところ、ほとんど千両箱が空っぽだったのだ。策伝は、

――すわッ。盗賊に入られた！

と思った。だが、落ち着いて考えてみると、蔵には常に二万両近い金があるのだ。それを何かに移し替えて盗み出すということは土台無理な話だ。策伝は職権を使って、勘定所内の帳簿という帳簿を、何度も丁寧に調べてみた。

すると、どうだ。帳簿は改ざんされていた。公金を何者かに横流しして、裏帳簿までが作られていた。それに関わっていたのが、札差の武蔵屋利兵衛だった。

切米手形を担保に金を貸し付けたように見せかけ、その返済金と利子を払ったように、武蔵屋に金が戻ってくる。だが、その金の出所は金を借りた本人たちではなく、勘定所の金だった。

もちろん、切米手形を利用された旗本や御家人は、その事を知らない。帳簿の上で利用されているだけだから実害はない。万が一、洩れた場合は、武蔵屋が、

——たしかに貸し付けた。

と言い張って、その偽帳簿や念書などを証拠として、出入り筋として奉行所で争えばいいのである。しかし、そもそも勘定所の金は、危難に備えた、いわば秘密の非常持ち出し金である。使い道の報告すら、内部文書で済まされるのだ。

万が一、表沙汰《おもてざた》になった場合は、武蔵屋が金を持てるだけ持ってドロンということになり、一切、勘定所には迷惑をかけない筋書きとなっていたのだ。

そんなカラクリがあったことを見抜いたある夜、帳簿を繰っていた策伝の背後に、勘定組頭の松坂主水が立った。

「毎日毎日、勤勉に居残りばかりしていると思ったら、そんな事を調べておったの

か」

「！……」

「気づいたようだな、立花……一体、どうするつもりだ」

「改ざんしているッ」

と帳簿を突きだして、「私はこの帳簿を持って勘定奉行直々に訴え出る。吟味役も黙ってはいないでしょう」

策伝は腹の底から湧《わ》いて来る怒りをぶつけたが、松坂の方は泰然《たいぜん》自若《じじゃく》と、むしろ余裕の笑みすら湛《たた》えて、

「勤めに熱心なのもよいが……今は、身重の妻の体を気遣ってやる方が、大切な事なのではないか？　やっと恵まれた腹の子はすくすく育ち、間もなく臨月だというではないか」

脅迫されている。策伝はそう察した。松坂主水は役所の中でも、強引に物事を決めることで知られており、自分に反対する者は手段を選ばず左遷したり、陥れたりしていた。

——自分だけなら、まだいい。だが、危害が妻子にも及ぶ。

そう察した策伝は、何日も一人で悩み続けた。

幸せそうに、日だまりの縁側で、大きく膨らんだお腹を撫でている妻の姿を見ると、松坂に逆らうことなどできない。そう感じていた。

しかし、脅しに屈してよいのか。誰よりも金に関しては潔癖でなければならない勘定所の役人が、それでよいのか。

策伝は苦悩の末、同じように疑念を抱いていた、武蔵屋の番頭治助から手に入れた裏帳簿をもとに、勘定奉行に訴え出ることを決心したのである。治助もまた、札差の番頭として、主人利兵衛の暴挙を見るに忍びなかったのだ。

——勘定奉行の矢部《やべ》様なら、なんとかして下さる。

策伝はそう信じた。

勘定奉行所という役所はない。勘定奉行の私邸が、執務所となっている。策伝は矢部の屋敷に、膨大な資料を携えて赴いた。

「何万両もの大金を好き放題に扱っていたのです。松坂様は私腹する一方で、多額の金を武蔵屋に預けて、利殖のために大名などに貸し付けています。それだけではありません。ご覧のとおり、ありもしない切米手形の担保をでっち上げ、公金をがっぽりそのまま、武蔵屋の蔵に移していたのですッ」

「…………」

「何卒《なにとぞ》、詳細にお調べの上、お咎めを！」

「よう調べたのう、立花……」

と感服したような顔をした矢部は、その帳簿を手に取りながら、「しかしな、このことは忘れろ」

「は？」

「忘れろと言うたのじゃ」

矢部は手にしていた帳簿を、中庭で燃えている篝火《かがりび》の中に放り込んだ。

「お奉行！　な、何をなさいます」

思わず大声を出して止めようとするのへ、矢部は淡々と言った。

「こんな金のことを、あれこれ詮索《せんさく》するよりも、妻子を案ぜよと、松坂は申し渡さなかったか？」

策伝の頭上に、驚愕《きょうがく》と失望が怒濤《どとう》のように襲って来て、あっという間に、正義感だの忠誠心などが粉砕された。

身重の妻が、大八車に跳ね飛ばされたのは、その数日後のことだった。

怒りに打ち震えた策伝は、物凄い形相で、松坂に詰め寄った。妻のおみよは、生死の境をさまよっていたのだ。

「わしのせいだと言うのか？」

松坂が平然と答えるのへ、策伝は摑みかからん勢いで、

「違いますかッ。あなた方は公金横領を揉《も》み消した上に、私の妻までも！」

「偶然が重なっただけであろう……聞けば、内儀は瀕死《ひんし》の重傷だとか。蘭方医の手厚い手術を受ければ、助かるかもしれぬとか」

と松坂は、切餅《きりもち》小判を四つ差し出した。

「遠慮するな。持って行くがよい。足りなければ、また用立ててやる」

松坂は切餅小判を足蹴にして、

「ほれ。どうした、受け取らぬのか？　女房子供を助けたくないのか？　ほれ」

とさらに、足の爪先《つまさき》で策伝の目の前に押し出した。弾みで封印が切れ、ジャラジャラと小判が崩れたが、策伝はじっとそれを見つめると、

「おみよ……」

と心の中で呟きながら、震える手を伸ばした。そして、一枚一枚丁寧に小判を拾って、袂で包み込むようにして摑むと、策伝はその場から逃げるように立ち去った。

しかし、手術の甲斐もなく、おみよも生まれるはずだった赤ん坊も亡くなった。

「すまない、おみよ……私のせいだ……私のせいなんだア……」

策伝は妻の亡骸《なきがら》にしがみついて号泣した。だが、あっという間に涙は枯れ果てて、後は乾いた声だけが洩れていた。

その通夜に、松坂主水は配下の者を連れて焼香に来た。

「帰れ……帰ってくれ……あんたになんぞ、焼香はあげてほしくない」

策伝が拒むまでもなく、松坂は焼香に来たのではなかった。非情な顔つきで一通の文書を突き出すと、

「立花。おまえは今日付けで、支配勘定の職を解かれた」

「なんですと……」

「明日より出仕無用。百両もの横領の罪は重いが、恋女房のためとあらば、察するにあまりある事情……勘定奉行矢部様のご高配で、その罪はあえて問わぬ。有り難いことよのう」

松坂はほくそ笑むと、御役御免の通達文を置いて、悠然と立ち去った。

「なんなんだ……なんなんだ……」

足蹴にして寄こされた百両の小判を、恥を忍んで持ち帰ったのは愚かだった。これもまた仕組まれた罠《わな》だったのである。絶望と無気力で、策伝はガックリと肩を落とした。嘆く気にもなれなかった。

そんな話を策伝は一気呵成《いっきかせい》に、十兵衛に聞かせてから、

「何を言ってもだめ……してもだめ……所詮、世の中はそんなものかと……私は、どうすればよかったんですかねえ」

と深い溜息をついた。十兵衛の顔にも同情と怒りが沸き起こってくる。

「もう己を責めるな。あんたは充分、苦しんだ」

「………」

「悪いのはあんたじゃない。人を人とも思わぬ勘定奉行たちだ」

「月丸さん」

十兵衛はこくりと頷いて、もう一度、酒を注いだ。

「悔しかっただろうな……だが、このままの暮らしでは、あんたがだめになる。あんたがだめになると、亡くなった女房と子供が余りにも不憫《ふびん》だ」

「………」

「供養するのは、あんたしかいないんだ。せっかく花山策伝として、生まれ変わったンだから、きちんと人生をやり直さないか」

「人生を……やり直す?」

「上役たちの悪さは、証拠さえ揃《そろ》えば、町奉行がなんとかするだろう。俺は、あんた

を治助の二の舞いにはしたくないんだ……俺たちに任せてくれるな」

十兵衛のその言葉のぬくもりを、策伝は感じ入って聞いていた。

七

翌日、畳んだ鯉のぼりを抱えた策伝が、谷中富士見坂の十兵衛の店に現れた。芝居の引き幕や緞帳《どんちょう》のような重さに感じられるほど立派なものである。

策伝は丁重に十兵衛に渡すと、

「子供だけでも助けたくて、母体から取り出された赤ん坊は、男の子でした……生きていれば五歳……生意気だけど可愛い盛りでしょうね。でも……」

と言いかけて言葉を飲んだ。

「着物の替わりです。鯉のぼりで、〝洗って〟くれますか。誰も知らない所で暮らしたいんです。女房と子供のことだけを考えて」

「ただし、花山策伝は生き続けて欲しい。新しい物語を紡《つむ》いでいって欲しい」

「ええ、必ず……」

ふと富士見坂を振り返ると、小さな店の間を勢いよく駆けて来るカン坊の姿がある。

坂道を転がるように跳ねて来ると、

「おっちゃん！　来てたのかア！」

と策伝に抱きついた。ずしんと重みが伝わった。策伝はそれをきっちりと受け止めて、ぐいと抱きしめると、

——これが子供の感触か。

と改めて思った。そして、強く抱きしめながら、在りし日の妻の姿を思い出していた。

縁側の日だまりで、策伝にそっと寄り添うおみよが、

「この子ったら、お腹《なか》を蹴っている、蹴ってる。ねえ、元気でしょ、ほらほら」

と微笑む懐かしい姿だ。

その姿がすうっと煙のように消えると、突如、暴走して来た大八車に激突され、鮮血とともに弾け飛ぶ。

「おみよ……！」

脳裡《のうり》を過《よ》ぎった妻の姿に、策伝は堪えられず嗚咽《おえつ》を洩らした。

「い、痛いよ……おっちゃん」

眉をひそめて目を閉じていた策伝は、ハタと我に返って、抱きしめていたカン坊を

解き放った。

「あ、すまんな……」

「どうしたんだい？」

「いや、なんでもない」

策伝は我が子のようにカン坊を見つめていたが、もう一度、しっかり肩を摑んで、

「いいかい？　キツネ小僧なんかが来なくたって、カン坊は幸せなんだ……カン坊には、ちょっと恐いかもしれないけど、本当は優しい母ちゃんがいるじゃないか。それだけじゃない。この富士見坂の人や、十兵衛さんとか……それから、ここには父ちゃんも……」

と胸を叩いた。

「うん」

「だから、カン坊は本当に幸せなんだぞ。その事は決して忘れちゃならない。いいな」

カン坊は嫌な予感を感じたのか、策伝の袖を摑んだまま離さなかった。

「おっちゃん、どっか遠くに行くのかい？」

「え？」

「だって、そんな顔をしてる」

「ああ。でもな、キツネ小僧の続きや、他にも色々な赤本は届けるよ。カン坊が大人になっても忘れないようなものをな」

「ほんと!?」

「ああ。約束する」

策伝はもう一度、肩を抱きしめると、指切りゲンマンをした。


その夜——。

策伝の長屋に、編笠の侍二人とならず者たちが数人、訪れた。

ぼんやりと丸行灯《まるあんどん》の明かりが障子戸の隙間から漏れている。中には人影があり、何やらせっせと書き物をしているようだ。書いては丸め、新たに紙を文机に載せては、墨を擦る音がする。ぷうんと研ぎ澄まされた清涼な匂いが漂っていた。

編笠は表と裏に別れ、それぞれ二人ずつ匕首《あいくち》を構えた手下がついて、逃げ場を作らないように取り囲んだ。

表戸の前に立った編笠は、誰であろう、勘定組頭の松坂主水であった。裏口に回ったのは、武蔵屋の用心棒。そして、金で雇ったならず者たちである。

松坂がトントンと表戸を叩いて、低い声をかけた。

「立花……いるか。五年前のことを詫びに来た……花山策伝と名を変えて、かような所で暮らしていたとは……苦労をかけたな」

長屋の中から返事はない。

「あの折は、俺も上から色々と命じられてな、内心は苦しんでいたのだ」

と言う顔には微塵《みじん》の反省もない。ただ戸を開けさせるためだけの方便である。松坂は無表情のまま続けた。

「せめて話だけでも聞いてくれ。俺もあれから寝覚めが悪くてな……おまえの女房と赤ん坊にせめて線香の一本でも手向けたくて参ったのだ。許してはくれぬのか……」

松坂は憂鬱《ゆううつ》がたちこめるような声を出したが、返事がないまま行灯が消えた。気配を消して潜んでいる。

「しょうがない」

と松坂は突然、戸を蹴破って中へ踏み込むと、いきなり抜刀して、闇《やみ》の中でうずくまっている影に斬り込んだ。素早く避けた人影はぐるりと反転して、目にも止まらぬ早さで松坂の背後に移ると、刀を持つ腕と首を挟むような形で固めた。

「動くなッ」

「……だ、誰だ。立花ではないな」

「誰でもいい」

匕首の切っ先が、松坂の喉元《のどもと》に食い込んでいる。少しでも動くと喉仏を掻き切られるであろう。

「だ、誰だ……」

「そんなに知りたいか……ならば言うてやろう。洗い屋、だ」

「なに？」

松坂を羽交《はが》い締《じ》めにしているのは菊五郎であった。ヒタヒタと匕首の冷たい刃を顎の下にあてがって、

「せっかく俺たちが洗ってやったのによ、武蔵屋の番頭治助は、おまえたちが殺したンだろう？」

「洗い屋……そんな裏稼業があるとは噂に聞いてたが、やはり、おまえたちが治助を逃がしたのか……」

「逃がしたンじゃねえ。新しい暮らしをさせてやっただけだ。おまえたちの刃から遠ざけてな……だが何の罪もない治助を殺し、さらにこうして策伝の命を取りに来た。俺たちゃ人殺しはしねえが、時と場合によっちゃ、おまえさんを洗わなきゃならね

え」

「ひっ……」

「どうだ。別の人生を歩んでみねえか？　例えば佐渡金山とかでよ」

幕府の施策として、江戸市中の無宿人狩りをした上で、佐渡金山で働かせていたこともあった。それほど過酷な所なのである。松坂は小刻みに震え始めた。

狭い裏庭でガタガタと物音がしたかと思うと、障子戸を乱暴に開けて、人影が飛び込んで来た。松坂は味方が来たと一瞬、安堵《あんど》したが、そこに立っていたのは——月丸十兵衛と半次だった。

凝然と目を見開く松坂に、十兵衛はゆっくり近づきながら、

「悪いな。おまえの仲間には皆、のびて貰ったよ。だが、おまえだけは気絶で済ますことはできぬな」

巨漢の半次が近づいて来て、威嚇《いかく》するように首に手をかけた。松坂は全身をわなわなと震わせながら、

「き、貴様ら……この俺様を誰だと思ってるのだ……こんな事をして只《ただ》で済むと思うなよ。俺の後ろにはな、老中若年寄が一目置く勘定奉行の矢部様がついてるのだ。貴様ら、幕府を敵に回すというのか！」

「救いようのない奴だな。こういう手合いはつまりは、死ななきゃ治らない」

半次が松坂を羽交い締めにすると、菊五郎が筵《むしろ》を被《かぶ》せてグルグル巻きにした。

「な、何をする、や、やめろ……」

「残酷なことはしたくはないのだ」

「貴様らッ……や、やめ……」

口に手拭いの猿ぐつわをかました。


翌朝――。

蔵前の札差武蔵屋の表に、まるで架刑棒に縛られたように松坂が晒《さら》されていた。まだ店が開いていないが、通りを行き来する出商《であきな》いや物売りが立ち止まって、不思議そうにじろじろと見ている。

松坂の傍らには木札が立てられており、そこには次のように記されていた。

『私は勘定組頭・松坂主水。札差武蔵屋主人の利兵衛と結託して、公金を着服し、湯水のように使っておった。切米手形を利用した裏帳簿のことは、札差の武蔵屋が一切《いっさい》合切《がっさい》取り仕切っておったこと。先般、南町奉行所で証言したのは嘘八百。嘘だと思うのなら、もう一度、調べ直すが宜《よろ》しい。先日殺された元番頭の治助より預かっていた証拠の帳簿は、既に南町奉行所に届けてある。尚、公金横領のすべては、勘定奉行の指示でしたこと也《なり》』

異様な人だかりに驚いた武蔵屋利兵衛が潜《くぐ》り戸《ど》から出て来ると、松坂主水のあられもない姿を見て仰天した。

「解いてくれ、早く……」

と目顔で訴えているが、武蔵屋は木札を見ると憤然となって声をあらげた。

「冗談じゃない。私は何も知りませんよ。何の話ですか、これは！　まったく悪戯《いたずら》をするにもほどがある」

「うぐ……うぐ……」

松坂は必死に藻掻《もが》くが、下手に猿ぐつわを取ると何を言い出すか分からない。武蔵屋は知らぬ存ぜぬを決め込んで放っていた。

「な、なんなんだ、これは……」

何者の仕業か分からぬが、身の危険を感じた武蔵屋は、急いで蔵の有り金を荷車に積ませると、そのまま何処かへ逃げようとした。町方の者が異変に気づいて乗り込んで来る前に姿を消すしかない。

一目散に両国橋の方へ抜け、用意した猪牙舟《ちょきぶね》で逃げようとした。

そんな武蔵屋の前に、さつきが現れた。

小粋《こいき》な綺麗なねえちゃんだが相手にしているどころではない。だが、近くの路地では、ピイピイと呼び子が響いている。

「このままじゃ、お上にいずれ摑まるよ、武蔵屋さん。逃げるあてはあるのかい」

「なんだ、おまえは」

「洗い屋、だよ。噂くらい聞いたことがあるだろ？」

「洗い屋……ああ、あるッ」

この世から存在を消してくれるから、お上から追われることもない。武蔵屋は藁《わら》にも縋《すが》る思いで、さつきの口車に乗った。

「洗い料の相場は五十両」

「そんな端金《はしたがね》、ほら……これでいいか」

と切餅小判を二つ懐から出して、さつきに手渡して、「だが、万が一、私を担いだりしたら、どうなるか、分かってるね」

「シッ。余計な事は喋《しゃべ》らない方が、武蔵屋さん、あんたの身のためだよ。本気で逃げ切りたいのならね」

武蔵屋は金への執着が人一倍強いようだ。持って来た千両箱数個も一緒でなければ、艀子《てこ》でも動かないという。さつきは、承知したと目隠しをすると、すうっと船頭に舟を漕がせた。

やがて武蔵屋が辿《たど》り着いたのは――。

小伝馬町《こでんまちょう》牢屋敷《ろうやしき》の表門近くの濠《ほり》であった。幾つもの掘割を隔てて、大川から通じている。流人や咎人を牢屋敷から連れ出すための水路である。

目隠しを取られた武蔵屋は、周りの風景を見て、

「しまった……!?」

謀《はか》られたと思ったが遅かった。同心ら町方役人たちが濠をぐるりと取り囲んでいた。

さつきの姿はどこにもない。

「武蔵屋利兵衛！　受牢証文だ。今度はじっくりと町奉行所で調べるゆえ、それまで大人しく牢に入っておれ」

と与力に沙汰を突きつけられた。絶望の淵《ふち》に落ちた武蔵屋は何度もかぶりを振りながら、

「違う……私のせいじゃない……私のせいじゃない……違う、違う……」

おかしくなったように呟いていた。

やがて、勘定奉行の矢部の名も表に出て来て、松坂主水、武蔵屋利兵衛らの公金横

領と、それにまつわる番頭治助殺しも、白洲で明らかになった。

もちろん、花山策伝の行方がぷっつり途絶えたことは言うまでもない。

「これでよかったのかな、本当に」

さつきは、十兵衛とぶらぶらと歩きながら、自らに問いかけるように言った。

「何がだよ」

「洗い屋にあるまじきことをしたんじゃないの？」

「余計なお節介か」

「そうよ」

「かもしれぬが……ま、いいではないか。それより、武蔵屋から取った洗い料の五十両はどうした」

「えっ、知ってたの？」

「一人占めするつもりか？」

「な、何を言ってんのさ。今回のことだけじゃない。あれこれと、お金は沢山かかってるんですからねッ。ご奉仕でやってんじゃないんですからね！」

さつきが頬を膨らませた時、バタバタと激しい音がした。空を見上げると、宝湯の屋根の上に、鯉のぼりがはためいている。丁度、焚《た》き釜《がま》の煙突に沿うような柱を伝って伸びている。

「ほら、さつきのほっぺたみてえに膨らんでやがる」

「うわあ……爽快だねえ……どっかで策伝さんも見てるかな……」

入道雲まで届きそうな鯉のぼりを、いつまでも見上げている十兵衛とさつきだった。

第四話　夢つむぎ

一

天下の千両役者、沢島染之丞《さわしまそめのじょう》が文金高島田《ぶんきんたかしまだ》に金襴緞子《きんらんどんす》の姿でしなやかに登場すると、わあっと怒濤《どとう》のような掛け声と拍手が沸き起こった。

「橘屋《たちばなや》！　よよッ、日本一！」「染之丞！」「こっち向いてエ！　染さ〜ん！」

葺屋町《ふきやちょう》の真ん中にある玉川座では、歌舞伎《かぶき》が行われていた。

歌舞伎では化粧することを、顔を作るというが、白粉《おしろい》や砥粉《とのこ》、青黛《せいたい》などで役者の個性に応じて、拵《こしら》える。染之丞は、江戸歌舞伎では珍しい和事《わごと》を得意とする女形《おんながた》で、江戸中の女たちを虜《とりこ》にしていた。

東堀留川《ひがしほりどめがわ》の東に位置する葺屋町は、隣接する堺町《さかいまち》とともに『里俗二丁町』と称され、江戸で、いや日本で一番の芝居街だった。

寛永《かんえい》年間、猿若勘三郎が中橋の袂《たもと》に芝居小屋を建てて興行をしたのが、江戸歌舞伎の始まりで、その後、堺町、葺屋町、木挽町《こびきちょう》などが幕府公認の芝居町になり、中村座、森田座、玉川座、山村座などが次々と誕生した。芝居街が浅草の裏手に移転させられるのは天保の改革以後のことである。上方《かみがた》の和事に対して、江戸では勇壮華麗な荒事《あらごと》が多く演じられていた。

歌舞伎の公演は、長ければ、明け七つ（午前四時）から、暮れの七つまで行われる。夜明け前の暗いうちから出かけて、一日中、芝居を観ながら食事をしたり酒を飲んだりする娯楽である。

木戸銭、つまり土間と呼ばれる枡席《ますせき》の席料だけで銀二十五匁《もんめ》から三十五匁。桟敷《さじき》になるともっと高くなり、役者への心付けや飲食代は別だから、さらに高くなる。ざっと一両近くなるから、暇と金のある者しか堪能《たんのう》できなかった。もっとも、「流し込み」という立ち見席や「羅漢台《らかんだい》」や「吉野」と呼ばれる安い席もあった。羅漢台と吉野は舞台上の傍《かたわ》らに席がある。つまり、役者たちが演じているのを後ろから見るのだ。

月丸十兵衛は羅漢台から芝居を見ていた。好きで観劇しているのではない。今、まさに愁嘆場《しゅうたんば》を演じている沢島染之丞に、

――洗って欲しい貧乏神がいる。

と密《ひそ》かな依頼が来たために、訪ねて来たついでに見せられたのだ。

役者は芝居街から自由に出歩けないのが幕府の定めた決まりである。遵守《じゅんしゅ》されていたわけではないが、色々と制約があった。ゆえに、十兵衛の方から来るしかなかったのである。

芝居がはねたのは、暮れ七つ。観客の中には、それから芝居茶屋に戻り、さらに酒などを飲みながら、贔屓《ひいき》の役者を呼んで、もう一騒ぎする者もいた。染之丞もひとつの座敷に呼ばれていたが、つきあいで顔だけ出して、すぐに芝居小屋の二階に戻って来た。

二階には染之丞の楽屋がある。

役者の序列は武士のように厳しく、名題《なだい》を頂点に、名題下相中上分《あいちゅうかみぶん》、相中、中通り、下立役《たちやく》と分かれており、同じ名題でも一座を率いる座頭《ざがしら》が一番偉かった。その楽屋は三階の奥にあった。

女形の楽屋は二階と決まっており、立女形《たておやま》の染之丞の部屋は、二階の一番奥にあった。

居心地が悪そうに十兵衛が煙草盆《たばこぼん》の前に座っていると、ようやく染之丞が帰って来

て、

「どうも、お待たせしてすまなかったねえ。これでも、ご贔屓を振り払うのに懸命だったんだよ」

と自分の都合ばかり話して、髪を崩すなり、金盥《かなだらい》の湯で化粧を落としながら、今日の芝居の出来はどうだったかとか、窮屈《きゅうくつ》な羅漢台で申し訳なかったとか一方的に喋《しゃべ》った。

すっかり化粧を落とすと、そこに現れたのは清楚《せいそ》な二枚目で、俗に言う色男であった。女形をしている妖艶《ようえん》さとは違い、むしろ爽《さわ》やかな好青年である。

「あ、いや……なかなかの美男子。このままでも、舞台に立てそうだが、何故に女形をしているのだ?」

十兵衛は思わず興味深げに尋ねた。

「ま、そういう話もおいおい致しましょう」

と言うと、裏口から階段を降りて、楽屋口の着到板《ちゃくとうばん》の名前を裏返すと、芝居街をぶらぶらと歩きながら、外れにある船着き場に来た。隅田川から舟で来る客のためのもので、辺りには船宿も並んでいる。

十兵衛は染之丞に誘われるままに、小ぶりな屋根舟に乗った。

中には既に食膳《しょくぜん》が用意されており、差し向かいで座ると、染之丞が燗《かん》されていた銚子《ちょうし》を差し出した。十兵衛は杯を受けながら、

「案外、分からないもんなんだね。なに、役者の素顔がだよ。芝居街を歩いて来たのに、まだぶらついていた客は、誰も沢島染之丞に気づかなかった」

「はは。それがまた、女形の密かな楽しみですよ」

と杯を交わしてから、

「浅草や両国の盛り場を歩いていても、誰も分かりませんからね。好き勝手に過ごせる。団十郎さんや菊五郎さんじゃ、どこへ出かけてもバレる。その点、私なんざ、屋台の鮨《すし》や天麩羅《てんぷら》を食ってても誰《だれ》にも指をさされない。ふはは」

愉快そうに笑うと、染之丞の柔らかな眼差しが、さらに穏やかになる。少し流し目で人を見る癖が、女ならばコロリといくところかもしれない。

「女形というのは、普段から女のように過ごしていると聞いたことがあるが……」

と十兵衛が杯を傾けると、染之丞は食膳の鮑《あわび》と雲丹《うに》の汁物に手を伸ばしながら、

「それは昔の話でね。芳澤《よしざわ》あやめとか瀬川菊之丞《せがわきくのじょう》などの名女形は平素から、女として暮らしていたらしい。色気、愛、情……これらを己の体に染みつけるためにね」

「そういうものなのか？」

「今でも、そうしている女形もいますよ。でも、私には無理だ。実の暮らしと舞台とをキッチリ分けないと、頭がおかしくならあ。それに、お客は舞台の染之丞を見に来てるんだ。その時に、美しく可憐《かれん》な芝居をお見せできれば、それでいいんじゃないですか」

「なるほどね……ところで、本題に入りたい」

と十兵衛が切り出すと、染之丞はこくりと頷《うなず》いて、川風を流し入れていた障子戸をきっちりと閉めた。船頭にも話を聞かれたくないのだ。

「実は、私は……」

少しだけ声をひそめて、染之丞はゆっくりと話し始めた。波と櫓《ろ》の音に混じって、遠くで三味線や太鼓を叩《たた》きながら、どんちゃん歌う声や芸者の嬌声《きょうせい》も聞こえる。

「実は、女房がおりながら、他に女をこさえてしまいました」

「その男ぶりだ。女の一人や二人いても、結構な話じゃないか」

「そりゃ、素顔の私を知っている者もいますし、逆に染之丞とは言わずに褥《しとね》を共にした女は何人もいます。それが、私としたことが……本気で惚《ほ》れちまった」

「他の女はすべて嘘《うそ》だったのか？」

「野暮は言いっこなしにしやしょう。とにかく私は、女房でない女に、本気で腹の底から惚れてしまったんですよ」

染之丞は舞台の上よりも、芝居がかった仕草《しぐさ》で苦悩の顔になった。

「まさか……吉原の女じゃないだろうな」

十兵衛はそれが気がかりだった。

庶民から見れば、めったに足を踏み入れない極楽である吉原と芝居街は、幕府から〝二大悪所〟と呼ばれていた。武士が出入りして、身持ちを崩すのを牽制《けんせい》してのことだった。加えて、役者と遊女が交流することも禁じていた。心中騒ぎを起こしたりして、風俗に悪い影響が及ぶと懸念していたのである。もっとも、そんな締め付けは何処《ど》吹く風。吉原と役者の関わりは、『助六』に象徴されるように深い絆《きずな》があった。

「残念ながら、遊女じゃありやせん」

と染之丞は苦笑して、「私は役者、いわば虚実の虚を売っている商《あきな》い。遊女だって、そうでしょう。真《まこと》を誓うとはいっても、所詮《しょせん》は騙《だま》し騙されの生業《なりわい》だ……私はね旦那《だんな》、こんな虚業をやっているからこそ、本当の愛に目覚めたのですよ」

「で、その相手は」

「日本橋の油問屋、南海屋の一人娘、お邦《くに》でございます」

「南海屋のお邦……」

十兵衛が首を少し傾《かし》げたので、染之丞は怪訝《けげん》に尋ね返した。

「はい。ご存じですか？」

「いや、俺は知らないが、知り合いに女辻占《つじうらない》師《し》がいてな、そいつと知り合いのはずだ。日本橋といっても、活鯛屋敷《いけだいやしき》に近い……」

日本橋の河岸から買い上げて、将軍家の食膳に出す活魚を生簀《いけす》で飼っている屋敷である。

「ええ、そうです。それこそ、お邦は初めは私を染之丞とは知らなかった。大店《おおだな》の娘でありながら、歌舞伎もまったくといっていいほど見ない女だったから、女形の沢島染之丞だと名乗っても、誰ですかと尋ねられたくらいなんだ」

「その女と恋に落ちた」

「そんなもんじゃない……舞台に立っていても、お邦、お邦、お邦……私はどうにかなってしまいそうな毎日でした」

「ふむ……」

「そして子供までできました。女の子で、生まれてもう半年になります」

「子供まで……！　相手の親御さんは知っているのかい？」

「もちろんでございます。ですが、私はこのような人気商売。世間にはまだ黙ってくれております。不義の子とは言えませんからね、父親《てておや》は商いで遠くへ行ってると誤魔化しているようですが」

十兵衛は腕組みで、舟の緩やかな揺れを楽しんでいたが、ふいに閃《ひらめ》いて、

「まさか染之丞……おまえさん、そのお邦という娘とやや子を連れて、どこぞへ『洗ってくれ』という気なのか？　人気の立女形を捨ててまで！」

と問い詰めるように訊《き》いた。染之丞は啞然《あぜん》と十兵衛を見つめた後、含み笑いをしてからプッと噴き出した。

「いやだな、十兵衛さん。逆ですよ」

「逆……？」

「うちの女房を洗って欲しいンです。すっかり愛せなくなった、私の女房を」

二

谷中富士見坂『宝湯』の二階には、いつもの洗い屋たちが集まっていた。重陽《ちょうよう》の節句も過ぎ、大空が青く澄み渡っているのに、十兵衛たちの気分はどんより曇っていた。

「だめだ、だめだッ。そんな話は金輪際乗れねえな」

　菊五郎は話にならないと突っぱねた。

「俺たちはな、旦那。やむにやまれぬ事情のある者が、命を捨てることなく、新しい人生を切り開きたい。そう願う奴《やつ》のために、こっちも危険を承知でやるんじゃねえか。それをなんだと？　てめえの痴情の後始末に、俺たち洗い屋を使おうって魂胆が許せねえ。しかも、てめえの女房を……糟糠《そうこう》の妻をバッサリと目の前から消してしまいたいだと⁉　とてもまっとうな男の考えることじゃねえ！」

「まあ、そう興奮するなよ、菊さん。おまえさんが〝愛妻家〟だってことは、俺《おれ》が一番よく知ってるよ」

「からかってンのか？　よう、髪結いの亭主だからって、嫌味を言ってンのか！」

　半次はまた始まったと笹団子《ささだんご》を食いながら見ていたが、まあまあと、さつきが体を張って止めに入った。もつれているうちに、菊五郎の腕がニュッとさつきの豊かな胸に触れた。その柔らかな弾みに菊五郎は思わず、言葉を失った。

「ちょっと、なに考えてンのよ、菊五郎さん。ま、やらしい」

「いや、俺は何も……バカ。てめえみたいな小便臭い女、相手にするかッ」

と菊五郎は腹立ち紛れに、新しく買ったばかりの煙管《きせる》をポンと煙草盆の縁で叩いた。

「それ、おかみさんから貰《もら》ったものでしょ？　大切にしなきゃ」

　などと話を逸《そ》らすのが、さつきはうまかった。菊五郎が口をつぐんだので、十兵衛は膝を組み直すと、沢島染之丞から聞いた話をもう一度、繰り返した。

「染之丞の女房は、千鶴《ちづる》といって、さる奥州の小藩の江戸留守居役の娘らしい。江戸留守居役には芝居にハマる者が多いらしいからな。隠居しても国元に帰らず、余生を江戸で過ごしたがるんだ。ま、そんな話はいいが……」

　と十兵衛は半次から茶を横取りして飲んだ。

「千鶴が染之丞の女房になったのは、座元と江戸留守居役が決めたことらしい。その頃はまだ下立役の染之丞だ。多額の持参金つきの女房はそれはありがたかった」

「持参金……幾らくらいだい？」

「二百両。江戸留守居役にしちゃ大金だ。どこの藩でも江戸屋敷には、国元よりも多額の金がかかるらしい。そこから、うまく溜《た》め込んだのかもしれぬ。いずれにせよ、一番下っ端だった染之丞は、まだ女形にもなっておらず、馬の足、黒衣《くろこ》のような端役しかできなかったから、小藩とはいえ、大名の重臣の娘を嫁に貰えば、そりゃ箔《はく》がつくってもんだ」

　事実、江戸に居続けた千鶴の父親が、染之丞の大贔屓になり、女形になってからは、客を集め、物心ともに支えたのは事実だ。

　しかも、千鶴は武家娘として、有職故実《ゆうそくこじつ》に通じており、暮らしぶりも清楚でありながら、奥ゆかしさがある。その女房の所作を見るだけでも、女形の染之丞にとっては、宝だったはずである。

「そんな女房をどうして……」

　裏切ったのかと、さつきは責めたくなったが、十兵衛は特段、言い返さず、

「とにかく、染之丞にとっては貧乏神だというのだ、その女房が」

「なぜ？」

　と、さつきがじっと見つめる。

「元々は武家の娘だ。散財をするわけではないが、庶民と違って金の感覚がない。染之丞にとって、よかれと思ってのことだろうが、新しい衣装だの持ち道具だの、色々なものを買ってくるらしい。知ってのとおり、役者は自由に芝居町から出入りできない。だから、千鶴が買い物を任されていたわけだ」

「だからって、浮気していいの？」

「浮気は男の甲斐性《かいしょう》だ。そんなことで目くじらを立てられても困る」

「私は立ててません。旦那と私は、別に何かある訳じゃありませんから」

十兵衛は飲みかけの茶を噴き出しそうになって、

「だから、そういう言い草が人の誤解を招くんだ。やめろ」

と叱《しか》りつけたが、「ま……いいや。話の腰を折るな、さつき。肝心な事はだな、染之丞は、千鶴が傷つかないように、里に帰してやりたい、というのだ」

「南海屋のお邦さんに、子供がいることは知ってるの、奥さんは」

「いや。それもまだ知らぬらしい」

「勝手なもんね、男って……」

さつきは呆《あき》れた顔になって、「私、お邦ちゃんとは、長唄《ながうた》で一緒だから、よく知ってたの。まさか、その師匠が、沢島染之丞とは分からなかったけど」

歌舞伎役者は、能役者のように、素人を弟子にとって、謡《うたい》や舞、鼓などの稽古《けいこ》をつけることはかつてなかった。が、文化《ぶんか》・文政のこの時世には、富裕商人やその妻の間で、歌舞伎の真似事《まねごと》をする者が増え、長唄や常磐津《ときわず》、清元《きよもと》などをいわば教養として演ずる人々が多かった。

染之丞もその風潮の中で、稽古に出向いていたのだが、染之丞であることは伏せていた。それこそ千両役者がする余技ではない。食えない下っ端の役者が稼ぎの足しのために舞曲を教えたり、余所《よそ》の小さな芝居小屋に客演することはあった。が、染之丞のような大看板がすることではなかった。

しかし、その長唄の出稽古が、お邦との出会いとなり、子供までなす仲にまで発展したのである。

「しかも、お邦ちゃんは番茶も出花の十六なのよ。まだまだ若いのに……」

「聞けば聞くほど、俺は手を貸したくねえな」

と菊五郎は皮肉っぽく頰《ほお》を歪《ゆが》めた。

「そんなに女房と別れたきゃ、三行半《みくだりはん》をつきつけて、別れればいいじゃないか。女房の千鶴の方は、子供がいねえってえじゃねえか。三年子なきは去れともいう。そりゃ、てめえが浮気をしといて、女房に出てけってのは理不尽だが、てめえで始末しろってンだ。嘘をつかれて里に帰されるより、その方がまだましだ。お互いのためにもな」

菊五郎の言っていることは当たっていると十兵衛も思っている。しかし、万事丸く治めることができれば、それはそれで、

――洗い屋の仕事。

とも言えるのではないか。十兵衛はそう判断したのだ。

「待てよ、十兵衛の旦那」

あくまでも菊五郎にはこだわりがある。

「金になりゃなんでもするなら、俺たちゃ何なんだ？　縁切り屋じゃねえんだぜ」

「だから、事の仔細《しさい》を調べてだな……」

「悪いが、俺は乗らない」

「そう言うなって。事が拗《こじ》れたら、刃傷沙汰《にんじょうざた》にだって及ぶんだ。男と女の話はそれくれえ、ややこしくなるんだ」

「…………」

「考えてもみな。ひょっとしたら、女房の千鶴が相手の女を殺傷するやもしれぬ。あるいは揉《も》めた挙げ句に、染之丞が女房を手にかけるかもしれない。そんな事が起こる前に、何事もなくうまく……」

「それが余計な事だってンだ！」

とまたぞろ菊五郎は、十兵衛の話を遮って、立ち上がった。

「そこまで言うなら、やりたい奴だけで、どうぞ。いいか。人様の人生を弄《もてあそ》ぶンじゃねえ。染之丞の身勝手に付き合うほど、俺は暇じゃねえんだ」

そうキッパリ言い捨てると、階段を降りて行くのへ、半次が笑った。

「暇な癖に……どうせ黙ってても、また勝手に何か有力な事柄を摑《つか》んで来るから。それが、いつもの菊さんのやり方だしよ」

「だといいけどな」

十兵衛はやけに意固地になる菊五郎の態度が少しだけ気になっていた。元は腕利きの岡《おか》っ引《ぴき》の菊五郎のことである。あるいは、染之丞の素性でも知っているのではないか。そう勘繰《かんぐ》りたくもなった十兵衛であった。

三

油問屋南海屋は、問屋仲間の年寄役を務めたほどの大店で、主人の徳右衛門《とくえもん》が商売のほとんどを番頭に任せきりの今でも、ひっきりなしに客や人足たちが出入りしている盛況ぶりであった。

徳右衛門は内儀とともに、娘のお邦が産んだお花を、まるで我が子のように育てているのであった。染之丞の種であることは知っているが、お邦も二親も、実の父親である染之丞に責任を取って貰おうとは思っていなかった。徳右衛門の実子として養っているからだ。

むしろ、子供に未練を抱いているのは、染之丞の方だった。曖昧《あいまい》な関《かか》わりのまま、南海屋を訪ねては、抱っこしたり、遊んだりしていたのである。

この日――。

十兵衛は、さつきとともに、南海屋を訪ねていた。染之丞の本音をきちんと両親やお邦に報せるためである。

――染之丞さんが、自分の子供として認めた上で、ちゃんと育てたい……そう言っているのだが、お邦さんはどう考えているのか。

を聞きたかったのである。まるで仲人のような語り口に、南海屋の老夫婦は戸惑いを隠せなかった。

「染之丞さんがどう言おうと、女房がいるお人です。娘を妾《めかけ》にする気はさらさらありませんよ」

と徳右衛門ははっきりと断った。

「ですが、ご主人。染之丞さんはその子と、お邦さん共々一緒に暮らして、ゆくゆくはその子に名門の役者を婿に貰い、二代目染之丞としたいと……」

「その話なら、何度もしましたよ。でも、もうこの子は、南海屋から嫁に出すつもりで育てているんだ。今更、そんな事を言われても困りますよ」

「娘さんの気持ちはどうなんです」

徳右衛門は、縁側で赤ん坊を抱えて座っているお邦に、素直な気持ちを言いなさいと諭すように言った。お邦は、さつきに小さく頷いてから、

「そりゃ、染之丞様と三人で暮らせれば一番幸せです。でも、それは到底無理な話でしょう。私、実は……」

と表情を曇らせた。泣き出しそうな顔になった。伏し目がちのお邦は、染之丞ならずとも惚れてしまう美形である。殊《こと》に口元が愛らしかった。

「どうしたんだね？」

十兵衛が同情の目で見ると、お邦は少し噎《む》せた赤ん坊の背中をぽんぽんと軽く叩いてから、熱くなる目頭を押さえて、

「何度も言いました。千鶴さんと別れて欲しいって」

「うむ。別れるつもりはあるようだが？」

「いいえ。世間体もあって、自分からは切り出せないようです。だって……千鶴さんは、染之丞様が名もない役者だった時から、陰で支え続けた方です。無下に離縁することなんぞ、できないのでしょう。私よりも千鶴さんの方が大切なのはよく分かります。だから、私は身の丈より上のことは望みません」

お邦はしみじみと語った。己の運命《さだめ》をよく心得ているようだ。つまりは、染之丞が

優柔不断で、二人の女を困らせているのが実情だった。

――菊五郎の言ったとおり、つまらぬ痴情に関わっただけかもしれぬな。

と十兵衛は思ったが、まだ縺《もつ》れている訳ではない。染之丞は、お邦と暮らしたいために妻と別れたいだけなのではないのか。だが、当のお邦も、両親もそれを望んでいる節はない。染之丞の本音がどこにあるのか、十兵衛には明瞭《めいりょう》には分からなくなった。

そこへ、既に年増の部類に入る小肥りの女が、番頭に案内されて中庭まで通されて来た。地味な色合いの紋様だが、見るからに高価そうな縮緬《ちりめん》の着物を、丁寧に着こなした武家女に見えた。きりりと真面目《まじめ》そうな態度のわりには、

「こんにちは」

と明るい声、明るい笑顔で入って来た。

「こちら、お邦さんのいる南海屋さんでございますよね？」

「はい。そうでございます」

徳右衛門は商人らしく膝《ひざ》を整えて座り直して、丁重な口調で返した。

「どちら様でございましょうか」

「私、玉川座の女形、沢島染之丞の家内でございます。千鶴と申します」

十兵衛たちは、エッと女を振り向いた。お邦も初めて顔を見たようで、凝然《ぎょうぜん》と凍りついたように目を投げかけていた。さつきや徳右衛門たち何人もの視線を浴びて、千鶴の方が驚いたようだった。

「あの……」

千鶴は不思議そうに一同を見回していたが、有名役者の女房ということに驚いたと勘違いしたようだ。

「そんなに恐縮しないで下さいまし。たかが役者の女房でございます」

今し方まで、どこかで十兵衛たちの話を聞いていたのではないか。そう思えるほどの好機な出現だった。だが、その顔や姿は、とても天下の立女形染之丞の女房には相《ふさ》応《わ》しくない、おかめだった。目はすうっと筆で掃いたように薄く細い。鼻は団子鼻で、赤らんだ頬と厚い唇は、お邦と比べるまでもなく、同じ女とは思えないほどだった。

「あっ、十兵衛さん。変なこと考えたでしょ」

ぼうっとしている十兵衛を見て、さつきは鬼の首を取ったように騒いだ。

「な、なにを……」

見かけで判断するなと、さつきは言いたかったのだ。十兵衛は小さく頷き、黙って静かに見守っていた。

「どういうご用件ですかな?」

と徳右衛門が訊くと、千鶴はニコリと微笑《ほほえ》んで、お邦が抱っこしている赤ん坊を珍しそうに眺めながら、

「あら、可愛《かわい》い! べろべろバア!」

「どういうご用件ですかな」

「あ、申し訳ありません。ご主人様ですか」

「そうですが」

「私、沢島染之丞の家内でございます」

「それは聞きました」

「実は、お宅の娘さんのお邦さんと、うちの染之丞が、その……深い仲になっていたらしく、大変ご迷惑をかけたのではないかと、謝りに来たのです」

「謝りに……?」

徳右衛門は意外な申し出に返事をするのもためらって、「どういうことですかな」

と聞き返した。

「恥を忍んで申しますが、染之丞はこれが初めてではないのです……というより、もう二十回ではきかないのです。浮気は病みたいなもので、私もホトホト呆れているの

ですが、もしや、相手様に面倒をかけているのではないか。そう思うと心配で……」

お邦も胡散臭《うさんくさ》そうに聞いていた。

「染之丞は人気商売ですが、悪さを内緒にしてくれ、なんて事は申しません。何か迷惑をかけたのなら、誠心誠意、お詫《わ》びをしたいのです」

「何かどころではない」

と徳右衛門は縁側から降りて、千鶴の前にすっと立った。

「あんたは嫌がらせに来たのか」

「は？」

「それとも口止めか」

「あ、いえ、私は……」

千鶴が困った顔になるのへ、徳右衛門は畳みかけて聞いた。

「なら、どうして来た。うちの娘と染之丞さんの話は、お内儀には内緒だと言うてあったが、なぜ知っているのです。染之丞さんが話したのですかな？」

「いいえ。私が人を使って調べたのです。この一年程、様子がおかしい。芸にも身が入っていない。そう感じましたもので」

「それで、うちを捜しあてたのか」

「はい」

あっけらかんと微笑むのへ、徳右衛門は怒りの顔をつきつける勢いで、

「太々《ふてぶて》しい女だ。自分の亭主の浮気相手を探し当てて、直談判《じかだんぱん》して、一体何をしようとしているのだ」

「ですから、詫びに……」

「でたらめを言うな。染之丞さん……いや、染之丞には、既に何百両もの金を貢いで来たのだ。それとも、子供を寄越せとでも言うのか！」

「子供？」

千鶴は訳の分からない顔になった。

「子供……まさか、この赤ちゃんが……」

「そうだよ。染之丞とお邦の子だ」

徳右衛門は老獪《ろうかい》な商人らしく頬を歪めて、

「どうだね。驚いたかね。ハハ、吃驚《びっくり》したのはこっちだよ。十六の娘に赤ん坊ができたのだからね」

「そうだったんですか……それで、うちの人は、他の浮気相手とは違って、お邦さんを大事に……」

しみじみと千鶴は、赤ん坊を見つめて、そのもみじのような手に触れると、深い溜息をついて、「この子が染之丞の……ああ、よかった……」

「よかったア？」

不審な顔になる徳右衛門に、千鶴は屈託なく笑って、

「ええ。だって私は子供ができないから……子供は好きなんですよ。でも、これだけは神様からの授かりものですからね……ほんとに可愛い。お母さんが、お邦さんのように器量よしでよかった。わたしに似たら、それこそ可哀相《かわいそう》ですもの」

キョトンと見ていた十兵衛も思わず茶々を入れたくなった。

「どういう了見をしているのだ。てめえの亭主がよその女に孕《はら》ませた子が、そんなに可愛いか？」

「だって、ほら、可愛いじゃないですか。子供は親を選べませんもの。でも、お邦さん、よくぞ産んで下さいました。染之丞も心から喜んでいます」

「なんなのよ……」

と、お邦はぞんざいな口調で、「あんたさ、これでも女房のまま居座り続けるつもりなの？」

「エッ？」

って来た」

「エッジゃないよ。私さえ我慢すればいい。染之丞さんには迷惑をかけられない。だから、一人で産んで一人で育てる。そう誓ったンだよ。でも、あんた見てたら腹が立って来た」

「………」

「染之丞さんが言ってたとおりだ。貧乏神なんだよ、あんた！　なに、そのぶっさいくな顔。太った体。そんな女房じゃ、天下の染之丞さんが可哀相だよ！」

興奮気味になるお邦の手から、さつきは思わず赤ん坊を預かって、よしよしとあやした。大声に驚いたのか、への字に口を曲げて泣き出しそうだったからである。

「お父様、お母様。たった今、私、決めました。この人に別れて貰って、私が沢島染之丞の女房になります！」

「お、おい……お邦、おまえまで何を言い出すのだ……」

徳右衛門は娘の変貌《へんぼう》におろおろしながら、内儀と顔を見合わせた。

「困りましたねえ」

と他人事《ひとごと》のように赤ん坊に微笑みかける千鶴に、お邦はさらに激情して、ドンと押しやった。

「とっとと帰ンな！」

「これ、はしたない真似は……」

止めようとする母親を振り払って、「私はね、こんなシタリ顔で、自分だけは善人でございますッって奴が一番嫌いなんだ。ハッキリ、別れてくれって泣いて頼めばいいじゃないか！　ご迷惑かけました、ハア！　おととい来やがれってンだ！」

若さゆえとは言いながら、おしとやかな娘の変貌に十兵衛は驚いていた。さつきもまた、お邦の意外な面を見て、狐《きつね》につままれたような顔をしている。

思ってもみない事態になりそうだ。十兵衛はどうしたものかと吐息を漏らした。

四

染之丞の屋敷は、葺屋町の玉川座のすぐ裏手にあった。裏手からは、芝居小屋の櫓《やぐら》が見える。屋根の上にある九尺四方の櫓は、幕府から認められた証《あかし》であり、宮地《みやち》芝居などとは違う権威の印でもあった。

その櫓を見上げるたびに、

「ああ、私は役者の女房なんだ」

と千鶴は毎日、思うのだった。

早朝に鳴る一番太鼓から始まって、夕暮れになるまで、ずっと芝居をやって幾つかの役をこなして帰宅した時には、ヘトヘトになっている。千両役者と言えば華やかで、客の前では常に笑顔で輝いているが、夫婦二人だけになると、まるで話のなくなった老夫婦のように静寂の中に沈んでいた。

ぽりぽりと漬け物を噛《か》む音だけが、やけに大きく聞こえる。

「ねえ、おまえさん」

「アッ。びっくりした。急に話しかけるなよ」

「そんなこと言われたって……」

「なんだよ」

「おまえさんは、私のことが嫌いになったのかえ？」

「………」

「どうなんだえ？」

大抵、染之丞は晩飯を贔屓筋と一緒にしてくるから、二人きりで食膳を並べることは少ない。こういう日は、千鶴が腕によりをかけて作ることになっている。千両役者だからといって贅沢《ぜいたく》な料理ではない。烏賊《いか》と芋の煮っころがしとか、ブリ大根とか、鰯《いわし》のつみれ汁の類《たぐい》である。

芝居街の界隈《かいわい》には、山谷八百善《やおぜん》、深川平清《ひらせい》、根岸百川《ももかわ》など高級店に負けないような料亭が揃《そろ》っている。だが、そんな店で出される会席料理は、染之丞は食べ飽きているから、おふくろの味のような手料理を出していたのである。

「嫌いになったかどうか、聞いているんです」

「そ、そんなことはない」

「だったら、私のことを捨てるなんて、考えて下さいますな」

染之丞はギクッとなって、里芋を箸先《はしさき》で摑みそこねて、ころりと畳の上に落としてしまった。とっさにポンと指でつまんで口に運ぶと、千鶴は「はしたないことを！」と思わず声を上げた。

「大丈夫。どうってことはない……おまえがせっかく作ってくれたものじゃないか。勿体《もったい》ない」

「ごめんなさいね。子供を作れなくて」

「ぶっ……」

今度は飲もうとしたつみれ汁を噴き出した。膝の上に零《こぼ》れたものを、千鶴は楚々《そそ》と手拭《てぬぐ》いで拭《ふ》いてくれる。

「隠すことなかったのに」

「え？」

「めでたいことじゃないですか。子供ができたなんて」

「な、なんの話だ」

染之丞は懸命に惚《とぼ》けようとしたが、千鶴のあまりにもアッケラカンとした笑顔に、呆れ返ったように膝を崩した。

「誰に、聞いたんだ」

「今日、初めて知ったんです。南海屋さんを訪ねたとき」

「…………」

「今度は、ただの浮気ではないのですね」

黙って聞いているしかなかった染之丞は、箸を置くと、居直ったように胡座《あぐら》をかいて、傍らの煙草盆を引き寄せた。煙管の火皿に刻み煙草をつめて、種火を移した。

「あんな子が私も欲しいです。でも……」

染之丞は苛々《いらいら》と煙草を吹かすと、

「で、何を話したンだ」

「別に何も。ただ、あの赤ちゃん、くれないかなって」

「バカかおまえは！」

「でも、本当に私、嬉しかったんですよ。だって、おまえさんはいつも子供を欲しがってたじゃないですか。小さな子供、好きですものね。私、おまえさんの子なら、誰が産もうとかまいません。喜んで育てますよ」

「バカかおまえは！　バカか、おまえは！　バカか‼」

染之丞はそれこそ駄々っ子のように、繰り返して千鶴を蔑《さげす》んだ。

「私はそれでもいいと思ったのです。でも、お邦さんは、自分が育てるって。そして、おまえさんの女房になるって」

「えっ、お邦がそんなことを？」

「はい」

「お邦が……俺と一緒になりてえと、そう言ったのか？」

「なりたいどころか、もう決めたそうです。私に別れてくれ、はっきりそう言いました。それで、あなたが幸せになれるのなら……それでも、いいです」

「本気で言っているのか」

「そりゃ、辛《つら》いです。おまえさんともう七年も一緒に暮らしているのですから。でも、あなたの二代目を作れそうにないし……今度のことが浮気ではなく、本気で、お邦さんを幸せにできるなら、私は身を引きます」

「身を引く、だと……」

染之丞は苦々しく煙管を噛むと、バキッと床に叩きつけた。パッと火の粉が飛んで、傍らにあった役者番付表の上に焦げ目がついた。千鶴は手早く払って、自分の袖《そで》で火の粉を押さえつけながら、

「危ないじゃないですか。火の元には気をつけなければ……」

「うるさい！　何が身を引くだ。おまえのそういうところが、煩《わずら》わしいンだよ！」

千鶴は、悪戯《いたずら》な子供を見守る母親のような仕草で、何か言いたそうにしたが、言葉を飲み込んだ。

「なんだ、その目は！　いい女房を気取ってるつもりかもしれねえが、おまえ、それでも役者の女房か！」

「はい」

「はいじゃねえ、バカ！　だったら、なんだ、これは！」

と食膳のブリ大根の皿を乱暴に弾き倒して、

「千両役者に向かって、大根を出すたアどういう了見だッ」

観客は、大根の白色と素人を掛けたり、大根を食べると当たらないなどと言っては、下手な役者をこき下ろしていた。ひどいのになると、花や付け届けと一緒に大根を束

で送って来る者もいる。それほど役者は大根を忌み嫌っていたから、料理屋でもあまり出されなかった。

「しかも、見ろ。ブリだと？」

ワカシ、イナダ、ワラサ、ブリと名前が変わる出世魚である。

「どうせ俺は、名門の出じゃねえ。どう足掻《あが》いても、立役にはなれねえんだ！　ほんとうなら、相中上分で〝上がり〟だ」

脇役で、立役の引き立て役のことである。

「だからこそ俺は、女形で頑張って来たんじゃねえか。下っ端役者から、ここまで来る奴はまずいねえんだよ！　それをなんだ、おまえは皮肉ってンのか、エッ！」

「そんな……そんなつもりはありません」

「つもりはなくても、役者の女房なら分かれってんだ！　だからバカなんだ！　千鶴！　もう、てめえとも終《しま》いだ！　奥州なと何処なと帰りやがれ！」

さすがに千鶴も、唖然となって、あいた口が塞《ふさ》がらなかった。悲しさよりも、驚きの方が大きかった。じっと見つめる千鶴へ、染之丞は追い打ちをかけるように、

「このオカメが。てめえなんざ、俺の大贔屓の江戸留守居役の娘じゃなきゃ、嫁になんざしてるもんかッ。出世のためには金が要ったんだ。おまえの持参金が目当てだっ

たんだよ。それも分かんなかったのか、このグズ女」

　立ち上がって乱暴に叫ぶ夫を、千鶴はじっと見つめていた。そして、少しだけ唇が歪《ゆが》むと、下瞼《したまぶた》にじんわりと銀色の粒が溢《あふ》れ出た。それでも、染之丞の目には、ちっとも可愛くなかった。

「おまえさん……」

「糟糠の妻だと？　臍《へそ》が茶を沸かさあ。糠《ぬか》漬《づ》け臭いだけじゃねえか」

「おまえさんは、私の夢なのに……二人で一緒に、女形という夢をつむいできた……そう思っていたのに……」

　千鶴の瞳《ひとみ》が潤んで見えなくなるほど、堰《せき》を切ったように涙が零《こぼ》れると、染之丞は汚いものでも見たように顔をそむけて、食膳を足蹴にすると廊下を踏み鳴らして立ち去った。

　その翌日、千鶴は姿を消した。

五

　東風《こち》と一人娘はただで来ぬ——という。雨を運んで来るということだ。お邦の変化はまさに大雨どころか、嵐《あらし》の予感すらあった。

「長らく続いた晴れも、今日までか」

天日に晒《さら》していた洗い物を十兵衛は取り込んで、丁寧に畳んでいた。さいかち、むくろじの実と一緒に揉み洗いすることで、汚れがすっかり落ちている。これらの木の実はいわば洗剤で、むくろじの実は、羽子板の羽の玉にも使われるものだ。

黒い雲が広がり始めた時、ひょっこりと染之丞が、

「旦那。困るじゃありませんか」

と店の表から声をかけて来た。

「これはこれは、千両役者が何か御用ですかな？」

「何かじゃないよ。下手な言い訳をすると、俺は出る所に出て、あんたの素性をバラしますよ」

「だから何のことかな？」

「女房のことだよ。千鶴だ」

「ああ……」

「何処へ、洗ったんだい」

染之丞が唐突に尋ねたので、十兵衛はキッパリと知らないと答えた。知っていても

答えるつもりはないと付け足した。それが掟《おきて》だからだ。

「あんたたちの掟なんか知らねえよ。千鶴を返して貰いたい」

「だから、知らないと言っている」

「五日程前だ。夕餉の時、ちょいと夫婦喧嘩をしちまってね。その翌日にプイと姿を消してしまった。困ってるんだよ」

「だから、何の話だね。奉行所だろうが、何処だろうが訴え出るがいい。そもそも、あんたが女房を〝洗ってくれ〟と言って来たんじゃないか。今更、なんだ」

「困ってるんだよ……」

と染之丞は情けない顔になって、お邦の実家から、赤ん坊を突っ返されそうだと訴えた。もし、赤ん坊を押しつけられれば、面倒を見る千鶴がいないし、役者として評判も下がるというのだ。

「自分勝手な話だな」

「だろ？　俺もそう言って押し返そうとしたんだが……」

「あんたがだよッ」

「はっ？」

「しかし、どうしてかな……あの老夫婦は、自分の子として育てて、南海屋から嫁に出すとまで言っていたが」

「知るかよッ。あの女……お邦の奴、俺と一緒になりてえなんて、大嘘だ。面倒なことに巻き込まれたってな、自分で産んだ癖に赤ん坊を捨てて、別の男と一緒になる、なんて言いやがった。親もそうだ。十五も離れた俺なんかより、ちゃんとした商人の倅《せがれ》と祝言を挙げさせたいンだと」

「若いから気が変わったか……しかし、それは困ったことだな。何より、盥回《たらいまわ》しにされる赤ん坊が可哀相だ。だが、俺には関わりのないことだ。帰ってくれ」

染之丞は縋《すが》りつくように言った。

「頼むよ。千鶴さえいりゃ、なんとかなるんだ。あいつは子供を欲しいって言ってたし、あの赤ん坊をてめえの子として育てたいとも……なあ、旦那。連れ戻してくれよ」

「悪いがな、俺も知らないんだ。洗った先のことは、分からない」

「そんな……」

絶望に歪む染之丞に、十兵衛はきちんと向き直って、

「染之丞さん。あんたも嘘つきじゃないか」

「え……」

「調べたんだよ。女房と別れたかったのは、お邦と一緒になるためではない。そっちはそっちで片が付いていた。だが、千鶴さんが現れたがために、事が縺《もつ》れた。本当はあんた……もう一人別の女がいるんだろ？　そのために、女房が邪魔になっただけだろ？　散財してたのも千鶴さんじゃなく、てめえだろうがッ。千鶴さんがあんまりだな」

「ど、どうして、それを！」

驚嘆した染之丞は、恐れを抱いたように後ずさりをして、茫然と佇《たたず》んだ。十兵衛はその染之丞を鋭く凝視して、

「洗い屋をナメるんじゃない。下手に利用しようとすりゃ、地獄を見るハメになるぜ。人の人生を変えるとは、そういう事だ」

そう低い声で脅すように言った。染之丞はしばらく立っていたが、はっきり言葉にならない悪態をつくと、ブツブツ言いながら富士見坂を下って行った。

「あれが当代屈指の千両役者か……」

十兵衛が真っ黒になってきた空を見上げた途端、ゴロゴロと遠くで雷鳴がしたかと思うと、いきなり土砂降りとなった。買い物に出ていたおかみさん連中も、嬌声を上げながら家路を急いでいた。

その夜。降り止《や》まぬ豪雨の中を、染之丞が歩いていた。

伊勢店《だな》と呼ばれる木綿問屋が連なる大伝馬町あたりである。黒漆喰《くろしっくい》の建物が美しく並ぶが、まるで雨に消されているように煙《けむ》っていた。

染之丞はその一角にある木綿問屋の前で足を止めた。見上げると『鈴屋』という軒看板が土砂降りの雨を弾《はじ》いている。

ドドドン、ドドドン。

激しく表戸を打ち続けると、潜《くぐ》り戸《ど》が開いて、手代が顔を出した。

「あっ、これは染之丞様」

恐縮したように深々と礼をすると、店内の土間に招き入れた。髻《もとどり》も鬢《びん》もべったりと潰《つぶ》れてしまって、羽織と着物は一枚の布のようにひっついていた。

手代が着物を脱がせて手拭いを渡し、着替えを用意している間に、奥から女主人が出て来た。お栄《えい》といって、亭主が二年前に死んでから、女だてらに店を取り仕切っていた。元は、吉原の女で、ここ鈴屋の主人に身請けをされたのだが、前々から商売気があって、やってみるとなかなかの評判の店になった。

吉原の出だから、体を売って木綿を買わせているなどと、ありもしない噂《うわさ》が流れていたが、染之丞とはそれこそ、身請けされる前からの仲だった。

役者と遊女が付き合うことは禁じられたことであったが、悪所同士で仲良くして何が悪いのだとばかりに、染之丞とお栄は、人知れず深い仲になっていたのである。

千両役者とはいえ、幕府の贅沢禁止政策の倹約令もあって、実入りは二百五十両。どんなに多くとも五百両程だった。

庶民から比べれば大身の旗本並の手当だが、立女形になれば祝儀不祝儀のつきあいから、舞台衣装や配下の役者たちへの飯代やら鬘《かつら》や衣装など諸々《もろもろ》の世話をしなければならない。座長や立役の名題、座元にもそれなりの付け届けも要る。何やかやと出費が重なるのである。

だから、染之丞にとっては、お栄が金蔓《かねづる》でもあった。死にかかっていた老人の鈴屋に身請けされたのも、後々は染之丞に貢ぐためであった。番頭たち店の者たちは内情を知っていたが、自分たちの奉公に支障があるわけではないので、見て見ぬふりをしていた。

内風呂《うちぶろ》にさっと入った染之丞は、お栄の部屋にぶるぶる震えながら入った。

「なんだ、あのぬる湯は。水かと思ったぜ」

染之丞が文句を言いながら、浴衣を二重に羽織ると、お栄は艶《つや》っぽく笑いながら、

「雨で薪《まき》に火がつきにくいんだよ……直《じか》に、あたしが温めてあげるよ」

行灯《あんどん》と火鉢を近づけると、羽織っている浴衣は、染之丞模様だと分かった。髪型や着物の色柄、帯の締め方まで、花形役者の真似をすることから、人々の間に流行《はや》るのである。蓮華《れんげ》の花に蓮《はす》の実を象《かたど》った紋様に、濃い赤に近い蘇芳色《すおういろ》が、染之丞を表している。だが、〝蘇芳の醒め色〟といって、色褪《いろあ》せしやすく、洗い張りをせずとも茶色になってしまう。それが風流だという人もいるが、儚《はかな》い感じがして、嫌う者もいた。

「まずいことになったんだ」

染之丞が布団の中に入って、火照《ほて》ったお栄の体をまさぐりながら、ぽつりと洩《も》らした。

「子供のことかい？」

「ああ。今更、引き取れるかってンだ。せっかく、お邦に押しつけたってえのに」

「子供なんざ、欲しくないわよ、私は」

「心配するな。おまえに面倒見させるつもりは毛頭ないよ」

「じゃ、どうするんだい」

「ざんざん、雨に打たれてたら、首の根っこから、じんわりと冷たいものが染み込んで来てよ、どうにでもなれって気になるんだ」

「…………」

「南海屋も金蔓だっただけだ。四の五の言いやがると、ガキも始末するだけだ」

「まあ、恐ろしい」

「なに言ってやがる。恐ろしいのは、お栄、おまえじゃないか」

「それは、お互い様でしょ？」

「なんだと、この悪い女が」

染之丞は布団に潜り込むと、すっかり開いているお栄の体に押し入って、いきなり紅潮して張りつめた肌をねぶり回した。もう三十近い年増なのに、遊女として鍛えていたせいか、艶々した肌をしている。顔をうずめても、ぐいと弾き返される強さと、烏賊のように仰《の》け反《ぞ》るしなやかさがある。

「ああ、お栄……」

「染之丞……ああ、ううッ……辰次郎……」

と背中に、お栄が激しく爪《つめ》を立ててくる。辰次郎というのは、染之丞の本当の名である。二人はひとつの塊になって、歓を尽くした。

どれほど時が過ぎたであろうか。

まどろんでいると、寝間の外の廊下に、足音がした。

「番頭さんかい？」

と、お栄は乱れ髪を整えながら、染之丞模様の浴衣を羽織り、「また聞いてたんだね。いやらしいねえ」

返事はない。だが、染之丞との情交を、五十過ぎの番頭はよく廊下で聞いているのである。お栄は恥ずかしいどころか、聞かれたり、覗《のぞ》かれたりしていると思うと、得も言われぬ悦楽が湧いてきて、一層、しなやかな獣になれるのであった。

「番頭さん？」

音もなく、すうっと障子戸が開いて、顔を覗かせたのは番頭ではなく、三月程前から奉公している手代の市助であった。四十近い男だが、算盤《そろばん》や大福帳が上手なので、番頭の采配《さいはい》で雇ったのであった。

お栄は少し驚いて、市助を叱り気味に声を上げた。

「なんだねえ。あんたもそんな趣向があったのかい？」

「いえね……思い出したンでさ」

「え？」

「女将《おかみ》さん。あんたと……その染之丞さんのことを」

じっと睨《にら》むように見る市助の顔には、暗がりでも分かるほどの痘痕《あばた》がある。その上、顎《あご》の下にちょっとした刃物の傷があるのだが、日向《ひなた》では気にならない傷が、行灯の明かりでは妙に妖《あや》しげに浮かび上がっていた。お栄は気味悪げに目を逸らして、

「思い出したって……私の客になったことでもあるのかい？」

お栄はいわゆる散茶《さんちゃ》女郎。さほど売れ筋のよい女郎ではなかったが、男好きのする妖艶《ようえん》さはピカ一だった。

「違いますさあ。染之丞さんも知ってますよ、あっしは」

あっし、という言い草に、お栄はドキリとなった。

「染之丞のことを、女将さんは、辰次郎と呼びましたね」

「それが何だね？　本名なんだよ」

「知ってますよ……ふふ……うまいことやりましたね、お二人とも」

「…………」

「片や花形歌舞伎役者で、片や大店の女将だ。どこでどう繋がったのか……まさか、十年前、平塚宿の炭問屋に押し込んだ二人連れとは、誰も知らないでしょうねえ」

市助がそう言った途端、ガバッと布団を撥《は》ね上げた染之丞は、そのまま市助に覆い被《かぶ》せた。虚を突かれた市助は布団の下敷きになって、足掻いたが、ぶわッと顔を出した瞬間、

シュッ――。

と剃刀《かみそり》で喉《のど》を掻き切られた。

お栄は叫びそうになった声を自ら口で押さえ、染之丞は興奮しながらも青ざめた顔で、血濡《ちぬ》れた畳の上に立ち尽くしていた。

「こいつだ……こいつだよ……あの時に殺しそこねた奴は……」

染之丞は興奮した顔で呟いて、お栄の肩を抱いた。

六

翌日も雨は降り続いていた。

「秋雨は冷たくていけねえやな、ナア」

北町同心の久保田万作が、十兵衛の店先にひょっこり顔を出した。岡《おか》っ引《ぴき》の伊蔵も一緒である。

二人とも雨合羽《あまがっぱ》を着た上に番傘をさしている。傘の露先からは、雨水が途切れることなく落ちているが、泉貨紙《せんか》に桐油《とうゆ》を引いた合羽は打ちつける雨を弾いていた。

「今日はまた雨の中、ご苦労様ですねえ」

十兵衛が挨拶をすると、久保田はからかわれたと思ったのかギラリと睨みつけ、

「邪魔するぜ」

と潜り板を外して店内に入って来た。間口が狭い上に洗濯物の山だから、二人の男に入られると窮屈でしようがない。

「どうも、おまえさんの周りではロクな事がないような気がするんだがな」

久保田はいつものように人を蔑む目で睨みつけながら、「染之丞は知ってるな。沢島染之丞、玉川座の立女形の」

「人殺しをしたよ」

嫌な予感がした十兵衛だったが、久保田はさらに意外なことを洩らした。

「ええ!? 誰をです?」

「ほう。やはり、よく知ってると見える」

と久保田は底意地の悪そうな目つきになって、十兵衛を奥に押しやった。

「殺されたのは、市助という鈴屋の手代だ」

「鈴屋?」

「大伝馬町の木綿問屋だよ」

「知らぬな」

「惚けるなよ。染之丞は、鈴屋の女主人と前々から、いい仲らしくてな、ゆうべも訪ねていたんだよ」

「……………」

「女主人のお栄は元吉原の遊女だ。ふん。御公儀が禁止している悪所同士のつきあいを、奴らは平気でやってたわけだ。その上、殺しまでしたとなると……歌舞伎や浄瑠璃《じょうるり》みてえに果ては、〝みちゆき〟しかねえか？」

「……………」

「心中だよ」

「染之丞が殺し……お栄という女がな……」

さすがに十兵衛もそこまでは調べていなかった。しかし、久保田は執拗《しつよう》にどこか疑ってかかっていた。伊蔵も番犬のように、いつでも飛びかかれる姿勢で睨んでいる。

「知らないとは言わさねえぜ。月丸十兵衛、おまえさんは染之丞に何度か会っている。染之丞と関わりのあった、お邦という娘とその二親とも会って、別れ話をまとめようとしている」

「そんなことはしていない」

十兵衛は反論しようとしたが、久保田は十兵衛をぐいと突いて、

「まあ聞きな。おまえさんが染之丞に芝居小屋や屋根舟で会っているのも調べがついてる。そして、その直後に女房の千鶴が、ぷっつり姿を消している。これは、どういう訳だ?」

「さあな……」

「千鶴の父親は奥州麻倉藩の江戸留守居役だったらしいが、すでに他界しており、嫁に出た後、実家もなくなっている。親戚《しんせき》筋を頼った形跡もない……もっとも、これはまだ調べ中だがな。一人の人間が跡形もなく姿を消すなんてこたあ、どう考えたって尋常じゃねえ。しかも、その亭主が他の女を作っていて、人殺しまでしたとなりゃ、誰だって怪しむ。その矛先《ほこさき》を、おまえさんに向けたのは……何か関わりがあると睨んでいるからだ」

十兵衛は知らぬ顔で、洗い張りをする着物の糸をほどいていた。

「前々から思っていたが、おまえさんは、どっか摑みがたいものがある。一言でいや、怪しい奴ってことだ」

「…………」

「どうだ。染之丞の居所を知らねえか」

「なんで俺が……知るも知らないも、何のことだか皆目見当もつかないな」

ように、

「どうでも惚ける気か」

無視し続けた十兵衛の胸ぐらを、いきなり久保田が摑んだ。が、すうと十兵衛が軽くいなして、その背を奥の板間へドンと突いた。勢い余って倒れた久保田は逆上した
「て、てめえ！　よくもやりやがったなッ」

「旦那。証拠もなく人のことを、あれこれ詮索するのは、よしなさいよ。仮にも十手を預かる身分なら、篤《とく》とその目や耳で調べてから、縛りに来ることだ」

「なんだと」

起きあがって立とうとする久保田の目の前に、傍らから裁鋏《たちばさみ》を突きつけた。

「旦那は弱い者いじめが好きなようだな。そんな事をしてる間に、とっとと人殺しを捜し出しなよ。こうしてる間にも、遠くに逃げてしまうんじゃないか」

伊蔵は飛びかかろうとするが、十兵衛の背中には隙がない。下手をすれば久保田の喉が切られる恐れもある。

「き、貴様……町方同心に向かって、こんなことをして、只で済むと思うなよ」

と必死にいきがる久保田に、十兵衛は肩を押さえつけて、

「はっきり言おう。あんた、目障りなんだよ。もう、うちの周りをうろつくな。こっ

ちは平穏に毎日暮らしているだけだ。それを邪魔されちゃ、迷惑千万なんだよッ」

十兵衛の気迫に押されたのか、久保田と伊蔵はブツブツ言いながら、店から土砂降りの雨の中へ出て行った。慌てていたせいか、雨傘を忘れていった。

それを見送るように、入れ代わりに入って来たのは菊五郎だった。

「だから言わんこっちゃねえ」

菊五郎は少しだけ不信感の漂った目を十兵衛に向けながら、奥の板間に上がった。

「千鶴を洗ったのは、旦那だろ？」

「ああ。あんな亭主といたら、それこそ、今頃、殺されてた」

「だから、旦那は甘いってンだよ」

「どういうことだ」

「俺が、この話に端《はな》から乗り気じゃなかったのは、染之丞の素性が今ひとつ分からなかったからだよ。いや逆だ、知ってたからかもしれねえ」

「勿体つけずに言えよ。菊さん。おまえの悪い癖だ。俺たちは仲間じゃないのか。気持ちが通じ合わぬなら、袂を分かってもいいんだぜ」

十兵衛もいつになく苛ついていた。降り止まぬ雨のせいかもしれぬ。だが、菊五郎も喧嘩になっても構わぬとじっと見据えて、

「もう一度言うが、旦那は甘いんだよ。人助けをして、いい気になられちゃ困る。なぜなら……」

「………」

「洗った後のことは、俺たちにはどうしようもねえからだ。違うかい……俺たちは、人様の人生を変えるキッカケを作るだけで、変えてやることなんざ、できっこねえんだ」

「そんな事をわざわざ言いに来たのか」

十兵衛が睨み返すと、菊五郎は板間の傍らにある酒徳利から勝手に湯呑《ゆの》みに注いで、喉を鳴らして飲んだ。その時、足を組んだのだが、足の裏がえらく汚れている上に、血まめができているのが見えた。

「菊さん、おめえ……」

しばらく見なかったが、何処か遠くに、染之丞のことを調べに行っていたのかと尋ねようとしたが、菊五郎はそれを察したらしく、

「余計な事は聞かないでくれ。俺の調べでは、染之丞は元は遠州の百姓の倅《せがれ》だったが、野良仕事が嫌で村を飛び出し、人足として転々とした挙げ句、江戸で駕籠《かご》舁《か》きなどをして、その日暮らしをしていたようだ」

「…………」

「だが、十年ほど前、平塚のある炭問屋に、染之丞と市助ら五人で押し込んだ。平塚宿は小田原からの帰りや、大山参りの精進落としにも使われる所で、女郎屋もある。そこで、染之丞がお栄と知り合い、他の仲間も集めて、宿場で一番裕福な炭問屋を狙《ねら》った」

十兵衛は黙って糸をほどきながら聞いている。

「お栄がうまく手引きしたんだな。で、仲間たちは役人に捕まったが、染之丞とお栄だけは逃げることができた。本当は初めから、事が終われば仲間を始末する気でいたんだ」

「…………」

「だが、仲間のうち一人だけ、市助も逃げ延びていたんだ」

江戸に逃げて来た染之丞とお栄は、盗んだ金三百両を分けると別々の暮らしを始めた。一緒にいると足がつきやすいからだ。元々、女郎と客だけの関わりだ。後腐れはなかった。

吉原では素性の分からない女はまず遊女になれない。お栄は高井戸の庄屋の養女になった後、遊女になった。客は結構ついたが、太夫など窮屈な暮らしは御免だった。

だから、あえて散茶女郎として暮らしていた。その方が性に合っていたからである。

一方、染之丞は、辰次郎の名前を捨て、しばらく宮地芝居の裏方などをしていたが、客演をした玉川座の役者にその美貌を見出《みいだ》されて、下立役として潜り込んだ。

しかし、幾ら舞台化粧をするとはいえ、芝居小屋は誰が見ているかしれない。関八州からは追われる身なのだ。馬の足ならいいが、顔や声を表に出せば、誰かに気づかれるかもしれない。ゆえに、女形を試みてみれば、これが大当たり。沢島染之丞の名前を貰い、生まれ変わったつもりで、女形としての芸道を極めようとした。

「奴は奴なりに頑張ったんだろうよ。そういう才覚もあったに違いあるまい。千両役者と呼ばれるまでになったのだからな」

人生には上り坂、下り坂、そして〝真坂《まさか》〟という三つの坂があるという。自分でも思いもよらない事が起きるのだ。その真坂には、真実や真心がこもっているから、転がることがないと古人は言い伝えている。

不思議な縁があって真坂と出会い、その坂を登り始めたのに、染之丞の生来の悪性のせいなのか、躓《つまず》いてしまった。そのきっかけが、お栄との再会である。

染之丞もお栄も、お互いが近くで働いているとは知らなかった。初めは染之丞も、昔のことがバラされては困ると敬遠していたが、その思いは、お栄の方も同じだった。

「だから、二人は改めて手を組んだのだ。昔のことを消し去るためにな」

と菊五郎は続けた。

「皮肉なものだ。この二人が再び出逢《であ》っていなければ、あるいはそれぞれ、平穏で幸せな人生を送れたかもしれねえが……悪さと悪さは、磁石のように相性がいいのかねえ……染之丞とお栄は二人して、手っ取り早く銭を手に入れることばかりを考えた。それが、千鶴と一緒になることであったり、身請けであったりしたわけだ」

「………」

「で、市助にバレて殺してしまった。どうだい、旦那。人ってなあ弱いもんだ。ことに悪い方には、ずるずると流れて行く。水が高みから低いところに流れるようにな、人の心も、志の低い方には、どんどん流れて行くんだよ」

十兵衛は糸抜きをしていた手を休めて、しばらく考えていたが、肺臓から長い息を吐き出すと、

「奴らは何処にいるんだ」

「え……？」

「菊さん、知ってるんだろう？　そこまで調べ出したんだからよ」

菊五郎は徳利酒をそのまま口に運ぶと、

「そんなことを聞いて、どうするんだい」

「どうもしないさ」

「嘘だね……旦那、始末をつけるつもりだ。だが、よした方がいい。さっきの八丁堀も行方を摑んでないんだ。だから、十兵衛の旦那からでもいいから、何か小さな事でも探り出したかったに違いねえ」

「知ってるんだな」

　十兵衛はもう一度、声を低めて訊いた。菊五郎は小さく首を振って、

「分からねえ……奴らは、別の洗い屋に頼んだ節がある」

「別の……？」

「ああ。旦那じゃ頼りにならねえと思ったンだろうよ。いいも悪いもねえ。金さえ払えば、とっとと洗ってくれる奴らもいるんだ。罪を犯した奴らは、そうするだろう」

「洗い屋の風上にも置けぬ輩《やから》がいるのだな」

　十兵衛は半ばムキになって荒い息を吐いたが、菊五郎は冷めたもので、無関心を装った。お互いの領分に踏み込むのもまた掟破《おきて》りだったからである。しかし、十兵衛としては、明らかな罪人を逃がすという掟破りは許せない。

「だから、旦那は甘いってンだ」

「…………」

「言っただろ？　洗った先のことまでは面倒は見れねえってよ。そっから先は、俺たちがどう足搔いたところで、そいつらの運命《さだめ》ってのがあるんだよ」

「その運命、変えてやろうじゃないか」

「旦那……」

「俺だって聖人君子じゃないよ。でもな、人として、どうしても許せないことはあるんだ。どうしてもな……」

ごっそりと山になっている染め物や織物をずらすと、十兵衛はその中に埋もれていた刀を取りだした。無銘だが銘刀だという一物を腰に差すと、菊五郎には何も言わずに、いまだ降り止まぬ雨の中へ歩み出した。

七

十兵衛が根津神社参道前の小料理屋『蒼月』の暖簾《のれん》をくぐった時、主人の茂吉はピチピチと跳ねるアカガレイを包丁で捌《さば》いていた。子持で煮付けにすると、たまらなく美味《うま》い。

「いらっしゃい」

　とは言ったものの、まだ明るいうちに、しかも土砂降りの中を来たことに、茂吉は戸惑いの顔を見せた。一人で来ることはめったになく、誰かしら謎《なぞ》めいた輩と来るからである。

「おやじ……俺が初めて来た日のことを覚えてるかい」

　唐突な問いかけに、茂吉は首を傾げながら、魚を料理していた。

「さあ……」

「ここに連れて来てくれたのは、火盗改《かとうあらため》与力の梶井修二郎《かじいしゅうじろう》様だ」

　火附盗賊改《ひつけとうぞくあらため》とは、先手頭《さきてがしら》、持筒頭《もちづつがしら》、持弓頭《もちゆみがしら》から人選されて、火の用心や盗賊、博徒の捕縛を行っていた加役である。町奉行同心とは比べものにならないほど手荒な探索をし、江戸市中のみならず、咎人《とがにん》の捕縛のために関八州に出向くこともあった。

　梶井修二郎は十兵衛と同じ道場で腕を磨いた仲で、浪人になってからも深いつきあいがあった。もちろん、裏の洗い屋稼業も知っていた。それどころか、裏社会に通じる梶井と協力しあうこともあった。だが、梶井は二年ほど前に、盗賊を捕縛中に敵の凶刃に倒れてしまったのだ。

「あの梶井様だよ」

「そうでしたかね」

「俺は、藩が潰れて、江戸屋敷詰めを辞めざるを得ず、洗い張りを始めたばかりだった。梶井様が、この店に連れて来てくれたのは、ただ美味い料理を食べて、いい酒を飲ませるためではない。何かあればあんたを頼れ、そう言われていたからだ」

「………」

「余計な事は聞かない。おやじの昔のことも知ろうとは思わない。だが、おやじさんは俺の裏稼業を知っているはずだ」

勝手口から、菜の物や薪などを抱えて入って来た若女房の小春は、一瞬にして、いつもと違う空気を察して、黙って下拵《したごしらえ》の手伝いを始めた。小春もすべてを承知しているのであろう。十兵衛は構わず続けた。

「おやじ、他の洗い屋を知ってるな」

「………」

「何処のどいつか教えてくれないか。洗い屋には元締がいるのも、知ってるな。その人が色々と手配りするから、俺たちも安心して、人を洗うことができるんだ。だが、その元締が何処の誰かは、誰も知らない。俺も知ろうとは思わない。洗い料はさつきに任せてあるが……そこの根津権現の賽銭箱《さいせんばこ》に納めることになっている」

茂吉は淡々と九条葱《くじょうねぎ》や大根を菜庖丁《なぼうちょう》で刻んでいる。聞いているようでもあり、無視しているようでもある。

「咎人を洗うことは〝御法度《ごはっと》〟だ。染之丞が消えた話は、もう知ってるだろ？　そいつを洗った奴、誰か教えてくれないか」

「…………」

「おやじ……」

「掟破りなら、旦那が案ずることはありやせん。元締とやらが始末することじゃありませんか」

やはり、茂吉は洗い屋のことを深く知っている。十兵衛はそう確信して、染之丞の行方を聞こうとしたが、トンと強く庖丁でまな板を叩いて、茂吉は言った。

「菊五郎さんも言ったはずだ。掟破りだろうが何だろうが、他の洗い屋にケチをつけちゃいけませんよ」

十兵衛は言い返そうとしたが、何を言っても無駄だと察して席を立った。

「邪魔したな」

雨音がしなくなったと思っていたら、表に出ると雨はやんでいた。泥濘《ぬかるみ》だらけで、下駄を履いていても、足の裏がずっぽり濡れるほどだ。

店を出た十兵衛はそのまま、大伝馬町の鈴屋を訪ねたが、闕所《けっしょ》の竹矢来が組まれており、町方が探索の続きをしていた。染之丞とお栄の逃亡先の手掛かりが少しでも分かると思ったが、無駄足だった。

日本橋の油問屋南海屋にも足を運んだ。お邦の実家である。染之丞と深い仲になっていたということで、何度も町方に呼ばれて、しつこく調べられたという。それこそ、南海屋が、染之丞の行方を知っていて、庇《かば》っているのではないかと疑られていたのだ。

十兵衛が顔を出した時、さつきも来ていて、赤ん坊を抱いていた。赤ん坊は乳が貰えないのか、ウギャウギャと力の限りを出して泣いていた。

「旦那、ひどいったらありゃしないよ」

さつきは赤ん坊をあやしながら、半ベソをかいている。

「どうした」

「この赤ん坊、いらないンだってさ。そんな人殺しの子を育てたりしたら、世間体が悪い。それどころか、あんな染之丞の血を引いているなら、長じてもロクな人間にならない。殺してやりたいくらいだが、そうはできないから、寺か養生所に捨てるっていうんですよ。あんまりじゃないか！」

十兵衛は唖然と聞いていた。赤ん坊を見ると、しばらく乳を与えられないどころか、着物も着替えさせてもらっていないようだ。

「お邦ちゃんも、お邦ちゃんだ。自分が産んでおきながら、こんなコブがいたら、嫁にいけないなんて言い出して……一体、世の中、どうなっちまったんだい」

「それもこれも、染之丞が悪いんだ」

怒り心頭に発しているさつきを宥《なだ》めてから、十兵衛は赤ん坊の頬をツンとつついた。不思議と、赤ん坊は泣きやんだ。吃驚しただけなのだが、こうすると泣きやむことがある。

「俺に考えがある。とりあえず『宝湯』に連れてって、ケツを洗ってやれ。それから、近所で貰い乳をしろ」

「いい考えって」

「任せろ」

「ひょっとして、十兵衛の旦那と私の子供として育てたいの？」

「だ、誰がそんな事を言った。早く連れてけ」

十兵衛は軽く押しやったが、さつきはまんざらでもないらしく、

「私はいいよ、それでも」

と明るく微笑んで立ち去った。

「冗談じゃないぞ、おい……」

ひとりごちて見送ると、そこには菊五郎が立っていた。

「菊さん……」

「ひとつだけ聞き損ねたことがある」

「む？」

「染之丞とお栄を洗ったのが、俺なら、どうする」

「まさか、菊さん……冗談はよせ」

「どうするかと聞いてんだよ」

十兵衛は凝然と見つめていたが、

「掟に従うだけだ」

と端然と言うと、菊五郎は何がおかしいのか急に笑い出した。

「真面目過ぎるぜ、旦那は……しかし、人間てなあ不思議なもんだな。どんな悪い約束でも守らなきゃならねえっていう、暗黙の了解がある。やくざ同士の決め事だってそうだ。守る奴が立派だと言われる。天下の御法度を守らない奴でも、仲間との約束事は守ろうとする。おかしいと思わねえか」

「……本当に、おまえが染之丞を？」

「さあな。千両積まれりゃ分からないがな」

菊五郎は鼻先で笑うと手招きをして、歩き出した。十兵衛は後をついて行きながら、

「何処へ行く……菊さん、やはり二人の行き先を知っているんだな」

「いや、知らねえ。ただ……俺は旦那より、洗い屋稼業は長え。十手持ちだったから、目には見えないものも多少は見える。俺なら、こうやって洗うな、って考えてみただけさ」

「どういうことだ」

「ま、ついて来なよ」

十兵衛は菊五郎に誘われるままに、両国橋西詰まで歩き、そのまま橋を渡り、回向院《えこういん》を皮切りに、法恩寺、妙見社、普門院、法性寺、光明寺などの寺社を巡った。

「なるほど、罪人はいつも、苦しいときには神仏に縋るということか……」

歩きながら十兵衛は菊五郎の狙いが分かって来た。

そして、横十間川《よこじっけんがわ》と小名木川《おなぎがわ》が交わる岩井橋の近くにある来迎寺《らいごうじ》の門前に立った。

ここは、名前こそ違うが、徳川家ゆかりの縁切り寺、満徳寺の別院である。

八

菊五郎を門前に待たせて、十兵衛が鬱蒼《うっそう》とした境内に入って行くと、寺男に呼び止められた。ただの寺男でないことは、その所作で分かる。おそらく忍びの修業をした者だ。

十兵衛は隙を見せずに、本堂を過ぎ、奥の院まで進もうとした。が、他に数人の寺男とさらに、尼が出て来たので、歩みを止めざるを得なかった。

「お待ちなさい。ここは尼寺ですぞ。誰の許しを得て、かような所に来たのじゃ。迷ったのなら咎めはせぬ。早う立ち去りなされ」

「お栄を返して貰いたい……いや、名も変えているだろうがな」

「何のことじゃ」

尼は不思議そうな顔をした。法衣をまとい頭巾《ずきん》を被っているが、もう女を終えた年ではなく、まだまだ若い女だと分かった。

「駆け込み女を助けるのなら、俺も文句は言うまい。だが、駆け込み女のふりをさせて、罪人を逃がすとなると、黙って見過ごすわけには参らぬな」

十兵衛がズイと進み出ると、尼は金切り声を発した。

「無礼者！　ここを何処と心得ておる！」

尼は徳川家の家紋を描いた襖《ふすま》や門柱を指しながら、「開山以来の満徳寺〝縁切り寺法〟は、由緒正しいものである。これ以上、無礼を続けると、許しませぬぞ」

離縁を望みながら、夫から許されない女は、どんな暴力や苦痛にも堪えなければならない。しかし、どんな酷《ひど》い亭主でも、女房が縁切り寺に逃げ込めば手を出すことは叶《かな》わず、三年の間、寺で勤めを果たせば、離婚が成立するのである。その特別法は誰にも踏みにじることはできなかった。

十兵衛たちではない洗い屋は、おそらくお栄を別人に仕立てて、寺に逃がした。だが、それだけでは入山は認められない。寺役人がその背景を探索し、親兄弟や亭主など関わりのある者を調べた上でないと、正式には受け入れることはできないのだ。

もちろん、洗い屋は偽の後見人を仕立てて、事実に疑いがないことを指し示す。そして、別院で過ごした後、上州の満徳寺に送られるのである。菩提寺《ぼだいじ》は徳川家の先祖を祭り、将軍家の位牌所《いはいじょ》として、御朱印高は実質七百石を賜《たまわ》っている。寺に楯突《たてつ》くのは、徳川家に弓引くも同じだと、尼は威圧《いあつ》をかけてきた。

「将軍家に逆らうつもりなど毛頭ない。むしろ、殺しの下手人を捕らえる手助けをしたいだけだ」

「さようなことなら、町方に任せるがよい」

「あなたは、咎人《とがにん》を庇うのか？」

十兵衛が、渡り廊下に立つ尼を毅然《きぜん》と見上げると、いずこからともなく一陣の風が吹いた。それは錯覚で、寺男たちが脇差を構えて取り囲んでいたのだ。

「斬り合いに来たのではない。そこまで頑《かたく》なに応じないということは、何か疚《やま》しいことでもあるのか。それとも……この寺が咎人を隠しているのかッ」

険しい口調で十兵衛が言うと、四人の寺男たちは、忍びがするように、脇差とともに鎖鎌《くさりがま》を手にして、じわじわと囲いを狭めてきた。

縁切り寺に限らず、寺社は「駆け込み」が行われていた。殊に、村々の寺社は村の寄合で利用され、紛争を処理する場でもあった。寺の住職が揉め事の調停人として、裁断書や念書に名を連ねることはよくあることだ。

いわば簡易裁判所長みたいなもので、少々の事案ならば、内済《ないさい》で終わった。盗みや不行跡、暴力くらいのものなら、寺に入って詫びて謹慎すれば、お上の裁きを受けて前科者の烙印《らくいん》を押されずに済んだのである。

「それを利用して、うまく立ち回って逃げる凶悪な輩《やから》もいるのだ。だからこそ、調べ直して欲しいと言っておる」

その申し出を頑なに拒む尼の態度に、

——尋常ではない。

と十兵衛は感じざるを得なかった。よくよく考えてみれば、縁切り寺と知られる上州満徳寺が、別院を作るとはおかしな話だ。

——そうか……もしや、この来迎寺自体が、洗い屋の〝本山〟やもしれぬ。

十兵衛はいまだ自分が知らない洗い屋の組織の奥深さを感じた。そう思っているのを察したように、尼は十兵衛を見つめ、

「……月丸十兵衛。顔を洗って出直すがよいぞ。でなければ、おまえはこれから先、裏の仕事ができなくなる」

「！……」

「よいな。分かったら、帰るがよい。ただし……」

と尼は観音菩薩《かんのんぼさつ》のような冷たい微笑を浮かべて、

「私を味方につけておけば、どのような仕事も齟齬《そご》なくできるであろう」

十兵衛が気配に振り返ると、菊五郎と一緒に、半次、さつきもいた。さつきは赤ん坊を背負っている。乳を貰ったのか、寝息を立てて眠っている。

「そうか。そういうことか……おまえらが、洗ったンだな」

　さつきは小さく頷いてから、

「十兵衛の旦那。長い物には巻かれろって言うじゃない。染之丞のことは、もう捨ておきましょうよ。あんな奴ら、洗われたところで、どうせ何処かで野垂れ死にするのがオチさ。いい人生が待ってる訳がない」

　と優しく言うと、半次も続けた。

「そのとおりだぜ、旦那。俺は三代目だ。宝湯をやりながら、じいさんの代から、この裏稼業をしてるが、洗う目安は、善人悪人じゃねえんだ……抜き差しならねえ者を、別の浮き世に案内するだけなんだよ」

「…………」

「分かったかい、旦那……」

　と菊五郎はゆっくり近づきながら、「旦那こそ、しちゃならねえことをしたんだ。俺たちに相談のひとつもなく、千鶴を洗ったのは、間違いなんだよ」

「菊さん……」

「分かったら旦那、蒼月でゆっくり飲み直しましょうや」

　十兵衛はハッとなった。

「やはり、蒼月のおやじも……洗い屋と関わりがあるんだな」

主人の茂吉と女房の小春の顔が浮かんだ。

「そういうことだ」

菊五郎が答えるのを、十兵衛は深い溜息で聞いた。

前々から、根津権現の参道前というのも引っかかっていた。元は、将軍世継の産神《うぶかみ》として、幕府から手厚い保護を受け、ただの村の鎮守から五百石の土地を得るに至った。祭礼はかつて天下祭のひとつに数えられたが、享保《きょうほう》年間に幕府の介在はなくなった。四季を通じて百花乱れる境内は今も変わらぬが、どことなく儚《はかな》いのは、〝洗い屋〟と深い繫がりがあったからか、と思い知らされた。

「ふむ……俺だけが知らぬが仏、だったわけか。だがな……」

と十兵衛は腰の刀に手をあてがい、「地獄の沙汰も金次第……それが洗い屋の本分だと知ったからには……斬るッ」

本気になった時の十兵衛の腕前は、誰もが知っている。さつきと半次は一瞬、唾《つば》を飲み込んだが、菊五郎は冷静に、

「言っただろ、旦那。てめえだけ満足するのはよしなって。今まで俺たちが一緒に洗って来た哀れな女や泥沼に落ちていた男は、そりゃ、すっかり違う人生を始めたさ。

でも……」

「…………」

「でも、その先を、旦那は見たのかい？　俺は幾らでも知ってる。違う人生を歩んだがために、命を落とさざるを得なかった奴らを、何人もな……」

十兵衛はキリッと菊五郎たちを見回して言った。

「だったら、なぜ洗うンだ。おまえら、裏で荒稼ぎしてるだけじゃねえか。菊さん。金のためにやってんじゃねえと啖呵《たんか》を切ったのは、おまえだぜ」

「…………」

「とどのつまりは、金のある奴しか人生を変えられねえ、金のない奴は黙って我慢しろと言うのか？」

「そうは言わないが、旦那は甘すぎる。青臭いンだ。そうだろ、みんな」

菊五郎が同意を求めた。だが、さつきも半次も頷きはしなかった。十兵衛の言うことも分かるからである。

「金次第。それが洗い屋なら、おまえたちの好きにするがいい。だが俺は御免だ。金輪際、おまえたちとは組まねえ。いや、洗い屋稼業なんか、辞めてやるよ、こんなもののならな」

「旦那、そこまで言わなくても……」

と、さつきが宥めようとするのへ、

「だが俺は、俺で……始末をつけるよ。心配するな。おまえたちのことは、尼さん、あんたのことも誰にも話しはしない」

そう言うと十兵衛は、渡り廊下の下まで走ると、シュッと一閃《いっせん》、鞘走《さやばし》らせた。途端、尼の法衣がハラリと切れた。

「ひゃっ……なにをする……！」

法衣の下には、いかにも美しい蝶《ちょう》や花を彩った縮緬《ちりめん》の着物を着ており、ずり落ちた頭巾の下は、流行《はや》りの横兵庫《よこひょうご》に結っていた。

「どうだい、菊さん……おまえさんが信じてる尼さんも、どうやら〝生臭坊主〟と変わらんようだ。ふはは」

十兵衛は、さつきの背中から赤ん坊を受け取ると、よしよしとあやしながら、境内を後にした。

「旦那。その子をどうするんで？」

「俺に任せろって言っただろ」

「ねえ、どこへ、心配だよ」

「洗われた奴がどうなろうと、おまえたちには関わりないのであろう？　赤ん坊とて、そうじゃないのか」

と十兵衛は両手で大事そうに抱えると、深川の掘割沿いにある船着場まで、ぶらりと歩いた。菊五郎と半次はじっと見守っていたが、さつきは母性があるのか、我が子を奪われたかのように追いすがって来る。

十兵衛は小舟に乗り込むと、

「船頭。すまねえが、霊岸島《れいがんじま》までやってくれ。そっから先は……またその時、言うよ」

と言った。すうっと離岸した小舟に、とっさに、さつきは飛び乗った。

「一緒に来ると、さつきまで裏切り者になっちまうぞ」

「いいの。私は今、その子のことが……」

「元締とやらに睨まれても、俺は知らねえぞ」

小舟は雨で増水した掘割を、右に左に揺れながら、幾つもの橋をくぐって行った。

十兵衛の姿は、雨後の夕陽の照り輝きの中に消えていった。

十数日後――。

しばらく、休んでいた洗い張り屋に、十兵衛の姿があった。相変わらず、近所のおかみさん連中が手にあまった洗濯物を持って来る。本来、着物を洗い張りする仕事が、いつの間にか、洗濯屋にされてはたまらない。

着物の基本の形は何百年も変わらない。木綿であろうと絹であろうと、女たちが産まれ育った土地で機《はた》を織り、糸を紡いできた。

――糸の道は仏の道。

という。織物は、高機《たかはた》と綜絖《そうこう》によって縦糸と横糸を調和させて平らに織り上げる。その一本一本がまっすぐでなくては、美しくならない。その一本ごとに御経を上げて織ったと言われる。

それらを一枚の絵のように織り出したり、染めたりして、着物に縫い上げるのは、女の手仕事であった。十兵衛は、洗い張りをしながら、改めてその技術と込められた精魂に圧倒されることがあった。

千鶴もそうだった。

十兵衛が千鶴を洗った先は、江戸から遠く離れた、阿波《あわ》の国だった。四国三郎と呼ばれる吉野川沿いの小さな村で、藍染《あいぞ》めと阿波しじら織りがひっそりと営まれている。

赤ん坊を届けられた千鶴は、

「この子が欲しかったンです。染之丞さんの一粒種ですものね。私、この子と一緒ならば、幸せに生きていける気がします」

と言って、喜んで引き取ったのだ。

「私はね、旦那……辰次郎という生身の男ではなくて、沢島染之丞という幻に惚れようとしていただけかもしれない……夢をつむごうとしたけれど、夢は夢……決して織れないンですね……こうして、一本一本、糸をつむぐことが、本当は大切なんだってことが、この頃、よく分かった気がします。旦那……ありがとうございました」

十兵衛は千鶴の、そりゃ少しはおかめだが、愛らしい顔を思い出していた。『宝湯』の熱い湯舟に浸かっていると、十兵衛の耳に、客の口から、立女形、沢島染之丞の噂話が飛んでいた。

「役者ってなあ、やっぱり情念が深いのかねえ。心中だってよ、お栄っていう元遊女とよ」

「みちのくをあちこち旅した挙げ句、岩木山の雪の中だって話じゃねえか」

「何があったか知らねえが、死ぬこたあねえのによう」

「役者として行き詰まってたのかねえ」

バサッと顔を湯で洗うと、すぐ隣に、菊五郎が浸かっている。

「さつきから聞いたよ、旦那。阿波まで行くとは、恐れ入ったよ」

「…………」

「なんだよ、返事くらいしてくれよ」

「…………」

「染之丞とお栄を美談にしたのも旦那、そうだろ？」

「さあな」

「そう言うなって、俺もちょいと考え方が変わったぜ。そうそう、湯島坂下の長屋のな、年端もいかねえ娘っ子から、洗って欲しいと泣きつかれてんだ。殴る蹴るどころか、飯も食わさないひでえ親父《おやじ》でよ、町方も知らんぷりらしい。どうでえ、一枚、噛んじゃくれねえか」

「年端もいかねえ小娘が、洗い料を用意できるのかい」

と十兵衛が皮肉な顔を向けると、

「勘弁してくれよ、旦那」

そう笑いながら、菊五郎は手を合わせた。

「ま、考えといてやるよ」

十兵衛も苦笑すると、湯舟にぶくぶくと潜った。どこからともなく、機織りの音が聞こえてくる。

——糸の道は仏の道か……洗う道もまた、仏の道かもしれぬな。

と十兵衛は湯気の中で、長く続いた疲れを癒《いや》していた。

井川香四郎　著作リスト

	作品名	出版社名	出版年月	判型	備考
1	『飛蝶幻殺剣』	廣済堂出版	〇三年十月	廣済堂文庫	
2	『飛燕斬忍剣』	廣済堂出版	〇四年二月	廣済堂文庫	
3	『くらがり同心裁許帳』	KKベストセラーズ	〇四年五月	ベスト時代文庫	
4	『晴れおんな　くらがり同心裁許帳』	KKベストセラーズ	〇四年七月	ベスト時代文庫	
5	『縁切り橋　くらがり同心裁許帳』	KKベストセラーズ	〇四年十月	ベスト時代文庫	

6	『おっとり聖四郎事件控　あやめ咲く』	廣済堂出版	○四年十月	廣済堂文庫	
7	『逃がして候　洗い屋十兵衛　江戸日和』	双葉社 徳間書店	○四年十二月 一一年三月	双葉文庫 徳間文庫	
8	『無念坂　くらがり同心裁許帳』	ＫＫ ベストセラーズ	○五年一月	ベスト時代文庫	
9	『けんか凧　暴れ旗本八代目』	徳間書店	○五年四月	徳間文庫	
10	『まよい道　くらがり同心裁許帳』	ＫＫ ベストセラーズ	○五年四月	ベスト時代文庫	
11	『ふろしき同心御用帳　恋の橋、桜の闇』	学習研究社	○五年五月	学研Ｍ文庫	
12	『恋しのぶ　洗い屋十兵衛　江戸日和』	双葉社 徳間書店	○五年六月 一一年五月	双葉文庫 徳間文庫	

13	『刀剣目利き神楽坂咲花堂　秘する花』	祥伝社	〇五年九月	祥伝社文庫	
14	『ふろしき同心御用帳　情け川、菊の雨』	学習研究社	〇五年九月	学研M文庫	
15	『見返り峠　くらがり同心裁許帳』	KKベストセラーズ	〇五年九月	ベスト時代文庫	
16	『天翔《あまかけ》る　暴れ旗本八代目』	徳間書店	〇五年十一月	徳間文庫	
17	『残りの雪　くらがり同心裁許帳』	KKベストセラーズ	〇六年一月	ベスト時代文庫	
18	『刀剣目利き神楽坂咲花堂　御赦免花』	祥伝社	〇六年二月	祥伝社文庫	
19	『船手奉行うたかた日記　いのちの絆』	幻冬舎	〇六年二月	幻冬舎文庫	

20	『遠い陽炎　洗い屋十兵衛　江戸日和』	双葉社	〇六年三月	双葉文庫	
21	『刀剣目利き神楽坂咲花堂　百鬼の涙』	祥伝社	〇六年四月	祥伝社文庫	
22	『泣き上戸　くらがり同心裁許帳』	ＫＫベストセラーズ	〇六年五月	ベスト時代文庫	
23	『ふろしき同心御用帳　残り花、風の宿』	学習研究社	〇六年五月	学研Ｍ文庫	
24	『はぐれ雲　暴れ旗本八代目』	徳間書店	〇六年六月	徳間文庫	
25	『刀剣目利き神楽坂咲花堂　未練坂』	祥伝社	〇六年九月	祥伝社文庫	
26	『船手奉行うたかた日記　巣立ち雛』	幻冬舎	〇六年十月	幻冬舎文庫	

27	『大川桜吹雪　金四郎はぐれ行状記』	双葉社	〇六年十月	双葉文庫	
28	『落とし水　おっとり聖四郎事件控』	廣済堂出版	〇六年十月	廣済堂文庫	
29	『荒鷹の鈴　暴れ旗本八代目』	徳間書店	〇六年十一月	徳間文庫	
30	『冬の蝶　梟与力吟味帳』	講談社	〇六年十二月	講談社文庫	
31	『権兵衛はまだか　くらがり同心裁許帳』	ベストセラーズ	〇六年十二月	ベスト時代文庫	
32	『仕官の酒　とっくり官兵衛酔夢剣』	二見書房	〇七年一月	二見時代小説文庫	
33	『船手奉行うたかた日記　ため息橋』	幻冬舎	〇七年二月	幻冬舎文庫	

34	『刀剣目利き神楽坂咲花堂　恋芽吹き』	祥伝社	〇七年二月	祥伝社文庫	
35	『ふろしき同心御用帳　花供養』	学習研究社	〇七年三月	学研M文庫	
36	『刀剣目利き神楽坂咲花堂　あわせ鏡』	祥伝社	〇七年四月	祥伝社文庫	
37	『おっとり聖四郎事件控　鷹の爪』	廣済堂出版	〇七年四月	廣済堂文庫	
38	『山河あり　暴れ旗本八代目』	徳間書店	〇七年五月	徳間文庫	
39	『仇の風　金四郎はぐれ行状記』	双葉社	〇七年六月	双葉文庫	
40	『日照り草　梟与力吟味帳』	講談社	〇七年七月	講談社文庫	

41	『彩り河　くらがり同心裁許帳』	ＫＫベストセラーズ	○七年八月	ベスト時代文庫	
42	『千年の桜　刀剣目利き神楽坂咲花堂』	祥伝社	○七年九月	祥伝社文庫	
43	『ふろしき同心御用帳　三分の理』	学習研究社	○七年九月	学研M文庫	
44	『天狗姫　おっとり聖四郎事件控』	廣済堂出版	○七年九月	廣済堂文庫	
45	『ちぎれ雲　とっくり官兵衛酔夢剣』	二見書房	○七年十月	二見時代小説文庫	
46	『不知火の雪　暴れ旗本八代目』	徳間書店	○七年十一月	徳間文庫	
47	『月の水鏡　くらがり同心裁許帳』	ＫＫベストセラーズ	○七年十二月	ベスト時代文庫	

48	『冥加の花　金四郎はぐれ行状記』	双葉社	〇七年十二月	双葉文庫	
49	『忍冬　梟与力吟味帳』	講談社	〇八年二月	講談社文庫	
50	『呑舟の魚　ふろしき同心御用帳』	学習研究社	〇八年二月	学研M文庫	
51	『花詞　梟与力吟味帳』	講談社	〇八年四月	講談社文庫	
52	『刀剣目利き神楽坂咲花堂　閻魔の刀』	祥伝社	〇八年四月	祥伝社文庫	
53	『ひとつぶの銀　ほろり人情浮世橋』	竹書房	〇八年五月	竹書房時代小説文庫	
54	『雪の花火　梟与力吟味帳』	講談社	〇八年五月	講談社文庫	

番号	書名	出版社	刊行年月	文庫	
55	『斬らぬ武士道　とっくり官兵衛酔夢剣』	二見書房	〇八年六月	二見時代小説文庫	
56	『金底の歩　成駒の銀蔵捕物帳』	角川春樹事務所	〇八年六月	ハルキ文庫	
57	『船手奉行うたかた日記　咲残る』	幻冬舎	〇八年六月	幻冬舎文庫	
58	『怒濤の果て　暴れ旗本八代目』	徳間書店	〇八年八月	徳間文庫	
59	『高楼の夢　ふろしき同心御用帳』	学習研究社	〇八年九月	学研M文庫	
60	『秋螢　くらがり同心裁許帳』	KKベストセラーズ	〇八年九月	ベスト時代文庫	
61	『甘露の雨　おっとり聖四郎事件控』	廣済堂出版	〇八年十月	廣済堂文庫	

62	『もののけ同心　ほろり人情浮世橋』	竹書房	○八年十一月	竹書房時代小説文庫	
63	『写し絵　刀剣目利き神楽坂咲花堂』	祥伝社	○八年十二月	祥伝社文庫	
64	『海灯り　金四郎はぐれ行状記』	双葉社	○九年一月	双葉文庫	
65	『海峡遙か　暴れ旗本八代目』	徳間書店	○九年二月	徳間文庫	
66	『赤銅の峰　暴れ旗本八代目』	徳間書店	○九年三月	徳間文庫	
67	『菜の花月　おっとり聖四郎事件控』	廣済堂出版	○九年四月	廣済堂文庫	
68	『それぞれの忠臣蔵』	角川春樹事務所	○九年六月	ハルキ文庫	

69	『鬼雨　梟与力吟味帳』	講談社	〇九年六月	講談社文庫	
70	『船手奉行うたかた日記　花涼み』	幻冬舎	〇九年六月	幻冬舎文庫	
71	『刀剣目利き神楽坂咲花堂　鬼神の一刀』	祥伝社	〇九年七月	祥伝社文庫	
72	『科戸の風　梟与力吟味帳』	講談社	〇九年九月	講談社文庫	
73	『紅の露　梟与力吟味帳』	講談社	〇九年十一月	講談社文庫	
74	『雁だより　金四郎はぐれ行状記』	双葉社	〇九年十二月	双葉文庫	
75	『ぼやき地蔵　くらがり同心裁許帳』	KK ベストセラーズ	一〇年一月	ベスト時代文庫	

76	『嫁入り桜　暴れ旗本八代目』	徳間書店	一〇年二月	徳間文庫	
77	『鬼縛り　天下泰平かぶき旅』	祥伝社	一〇年四月	祥伝社文庫	
78	『惻隠の灯　梟与力吟味帳』	講談社	一〇年五月	講談社文庫	
79	『風の舟唄　船手奉行うたかた日記』	幻冬舎	一〇年六月	幻冬舎文庫	
80	『万里の波　暴れ旗本八代目』	徳間書店	一〇年八月	徳間文庫	
81	『はなれ銀　成駒の銀蔵捕物帳』	角川春樹事務所	一〇年九月	ハルキ文庫	
82	『おかげ参り　天下泰平かぶき旅』	祥伝社	一〇年一〇月	祥伝社文庫	

83	『契り杯　金四郎はぐれ行状記』	双葉社	一〇年一一月	双葉文庫
84	『釣り仙人　くらがり同心裁許帳』	KKベストセラーズ	一一年一月	ベスト時代文庫
85	『男ッ晴れ　樽屋三四郎言上記』	文藝春秋	一一年三月	文春文庫
86	『三人羽織　梟与力吟味帳』	講談社	一一年三月	講談社文庫

この作品は2005年6月双葉社より刊行されました。
徳間文庫化にあたり、加筆修正を行っています。

徳間文庫

洗い屋十兵衛 江戸日和

恋《こい》しのぶ

2011年5月15日 初刷

著者 井《い》川《かわ》香《こう》四《し》郎《ろう》

発行者 岩渕徹

東京都港区芝大門二―二―二〒105―8055

発行所 株式会社徳間書店

電話 編集〇三(五四〇三)四三五〇
販売〇四八(四五一)五九六〇

振替 〇〇一四〇―〇―四四三九二

印刷 図書印刷株式会社

製本 株式会社宮本製本所

ISBN978-4-19-893354-8 (乱丁、落丁本はお取りかえいたします)